風俗都市
～壁の中の淫ら花～

Hana Nishino
西野花

CHARADE BUNKO

Illustration

YANAMi

CONTENTS

目の前に聳《そび》え立つのは、見上げるほどの高い壁だった。馬車の中からそれを見上げた璉《れん》歌《か》は一瞬怯《ひる》みそうになる心を叱咤《しった》し、平静を保つ。目の前には沈痛な顔をした臣下がいる。その者に、弱気な顔を見せるわけにはいかなかった。

堅牢で巨大な壁は、遙《はる》か向こうにまでずっと続いている。ここは城塞都市メトシェラ。大陸一の、歓楽都市だった。

馬車が壁の中の門に近づくと、物々しく武装した兵士たちが近づいてくる。彼らは無遠慮に中をのぞき込むと、慇懃《いんぎん》無礼《ぶれい》に告げた。

「芦原《あしはら》からようこそ参られた。これより璉歌様をこちらの馬車にてお連れする。侍従の方はここでお帰り願う」

「それはできぬ。せめてウルナス殿の前まではお送りする」

「璉歌様はこれよりメトシェラの『月牢《げつろう》』の住人となる。これまでの生活も身分もすべて捨てて生まれ変わるのだ。そのため、これまでのものはここに置いていってもらう」

外には別の馬車が用意されていた。芦原のすっきりとした意匠のものとは違い、華美できらびやかな装飾が施されている。

「何を、無礼な――――！」

「――よい、東雲《しののめ》」

いきり立つ若い家臣を前に、璉歌は静かに言った。それから馬車の窓の外に目をやり、周りを取り囲む兵士たちに少しも気おくれせずに告げる。

「お前たちに従おう。私をそちらの馬車に乗せるがいい」

「ご協力、感謝する」

「――璉歌様、陛下‼」

「私はもう陛下ではない、東雲。弟に位を譲ったのだ」

そう言うと、東雲は絶句した。璉歌自身の言葉で、若い家臣を傷つけてしまったかもしれない。だが、今更もうどうにもならない。これは本当のことだ。

「これからは弟を助けてやってくれ。芦原のために。それだけが、私の願いだ。……ではな、東雲」

「――璉歌様っ……！」

今にも泣き出しそうな顔をする家臣から視線を外して、璉歌は自分から馬車を降りる。

そして目の前に立つ自分よりも背の高い兵士を見上げ、傲然《ごうぜん》と言い放った。

「――さあ、ウルナスの元へ連れていけ」

兵士の男は一瞬璉歌に気圧《けお》されたように言葉を失う。だが次の瞬間気を取り直すと、少し離れたところに止めてある馬車に乗るように促した。璉歌は抵抗もせず、その馬車に乗り込む。最後に一度だけ芦原の馬車を振り返ろうとして、やめた。

(――未練はない)

覚悟を決めてきたはずだ。この先の自分の運命を受け入れると。

ガタン、と小さく揺れた馬車が動き出す。それはまるで見世物のように、その日の客や、この都市に住む人間たちの好奇の視線を集めた。馬車の中の璉歌に注がれる、決して愉快ではない視線。

「――涼しい顔をしているぜ。さすが気位が高い」

馬車の外から、馬に乗った兵士たちの声が小さく聞こえてきた。

「これからご自分がどんな目に遭うのか、わかってらっしゃらないのじゃないか」

揶揄《やゆ》するような言葉と共に、嘲るような笑いが聞こえてくる。

(わかっている)

ここは風俗都市だ。城壁に囲まれた、欲望を満たすための街。

動き出した馬車が壁の中の入り口をくぐる。すると目の前に、きらびやかな明かりや看板がいっせいに目に入ってきた。それらが美しく整えられた大通りの両脇にひしめき合っている様は、いっそ壮観なくらいだった。露出の高い衣装を纏《まと》って、どこに入ろうか物色している客たちに纏わりついて誘っているのは店で働いている者たちだろうか。媚《こ》びた笑顔を浮かべながら、肉感的な手足を客に絡みつかせている。

「――このあたりは、ただの飲み屋街ですよ。健全なものです」

馬の手綱を握っている男が、ふいに璉歌に話しかけてきた。

「このメトシェラは、奥へ行くほどにヤバくなっていきます。次のエリアは、踊り子が裸で踊る劇場、その先には、手や口で抜いてくれる店が並んでいます。そして次が、娼婦《しょうふ》どもが身体《からだ》を売る宿、そしていよいよ、璉歌様が行くところが、あそこ――」

男が手にした鞭《むち》を上げて指した方角。そこには、一際大きな城のような建物が聳え立っていた。

「あそこが通称『月牢』――、このメトシェラの最大にして、最も淫らな夢を叶《かな》えてくれる場所ですよ。そしてこの街の王であるウルナス様もあそこにいらっしゃいます」

自分がこれから受け入れなければならない運命にも目を逸《そ》らさなかった璉歌だったが、その名前を聞いてわずかに視線を落とした。

ずっと向こうに佇《たたず》んでいる牢の名を冠した城の中に、あの男がいる。

それからしばらくの間馬車に揺られ、璉歌はようやっと月牢のすぐ近くまで来た。この城は、メトシェラのシンボル的な建築物だと聞いている。それはこれまで見てきたきらびやかな街並みとは一線を画し、どちらかと言えば無骨なフォルムを有していた。だがところどころに配された美しい色の煉瓦《れんが》や、天使や女神、あるいは悪魔を象《かたど》った彫刻が絶妙に配置されている様が、この城をある意味浮世離れしているような印象を持たせる。

「さあ、着きましたよ。ここが夢の城――――。漣歌様にとっては、地獄の牢になるでしょうが」

馬車が止まり、御者台の男がおかしそうに告げた。同時に馬車のドアが開き、降りるように促される。目の前には、金色の枠に縁取られた両開きの扉があった。

「――――」

ここが『月牢』。この風俗都市メトシェラの中枢部であり、欲望を満たそうと訪れる者には憧れの場所。だがここで働く娼妓《しょうぎ》たちには、恐ろしいほどの淫らな日々が待っている。

(私は今日からここの住人になる)

何も思い残すことはない。一国の王としての自分は、もう国を出ていく時に捨てたのだ。

そんな漣歌の目の前で、扉が重い音を立てて開いていく。

「ようこそ参られた、漣歌殿」

扉が開いた先に、一人の男が立っていた。周りの兵士たちがいっせいに最敬礼を取る。

「君が来るのが待ち遠しくて、部屋で待っていられなかった」

「……ウルナス」

男はこのメトシェラの頂点に立つ者であり、この『月牢』の楼主であった。

長身に、やや癖のある赤茶色の髪。緑の瞳は搦《から》め捕《と》るようにこちらを眺めていた。

「君をここへ迎えられたことを嬉《うれ》しく思うよ」

どこか軽佻《けいちょう》な響きが璉歌の心の表層を逆撫《さかな》でする。だが璉歌はそれを表に出さぬように努め、氷のように醒《さ》めた眼差《まなざ》しをウルナスに向けた。

「相変わらず取りつく島もないな」

けれどそんな璉歌に対して、ウルナスは楽しそうな表情を浮かべる。ここまで来た以上、璉歌はウルナスの手中にあるも同然だ。おそらくはこれからどんな目に遭わせてやろうかと考えを巡らせているのだろう。

「だが、そんなところも君の魅力のひとつだ。相変わらず、震えるほどに美しい
──────」

ウルナスが近づき、璉歌の長い黒髪に触れる。その瞬間に思わず身を強張《こわば》らせたが、ウルナスを睨《にら》みつけることでやり過ごした。彼は璉歌のきつい視線などお構いなしにその一房を手に取り、恭しい仕草で口づけする。

「──────」

冷たく整った顔でウルナスを見る璉歌に、彼は口の端で笑った。

「ここでのことは、俺がすべて教えてあげよう。きっと君もここが気に入ると思うよ」

「──私は盟約によりここにやってきた。ここでのことは運命と思って受け入れよう。だが、気に入るということは死んでもない。それだけは覚えておけ」

「その誇り高さ、素晴らしいよ」

ウルナスの手から、璉歌の髪がさらさらと落ちる。

「そうでなくては、おもしろくない――――。仲良くやっていこうじゃないか」

耳元で囁《ささや》かれる言葉に、璉歌は形のいい眉を顰《ひそ》めた。

芦原という国は、大陸の東に位置している。四季があり、実りは豊かで、風光明媚《ふうこうめいび》であり、歴史の古い美しい国だ。

璉歌はその芦原の王族に生まれ、若き王として国を統治していた。ところが、西方の大国レベリアの侵攻を受け、芦原は亡国の危機に見舞われる。そこで仲介に入ってきたのが、この高度な自治を持つ都市、メトシェラだった。メトシェラは都市の性質上、各国の重鎮が訪れたり、また接待の場に娼妓を手配するという役割も担っている。人間の欲望を押さえているだけに、他国に対する影響力も無視はできないところにあった。だがレベリアも侵攻した手前、某《なにがし》かの成果は欲しい。そこで和平の条件として芦原が出したのが、現王の譲位だった。

つまり璉歌は人質となったのである。ただし、レベリアは他国の王を自国で扱う面倒を嫌った。そしてメトシェラが璉歌の身柄を買ったという経緯がある。

璉歌は、自分が統治する国から売られたも同然なのだった。

漣歌は十五の時、一年ほどグラファーという国に留学していたことがある。

外《と》つ国のことを知り見聞を広め、将来王位についた時に役立てるため、という名目で、ほんのわずかな間だが自由に過ごせる時間を与えられた。

グラファーは西側の比較的裕福な国のひとつで、政治的状況もよいということで漣歌の留学先に選ばれた。王都の中心地から少し外れた閑静な住宅街の中にある一棟を借り、そこで暮らすことになる。

昼間は王立の学寮で学ぶのだが、その後は時間に余裕があった。代々の芦原の王族は、ここぞとばかりに羽目を外して遊ぶ者も少なくはなかったが、漣歌はそんな気にはなれず、自分の部屋に戻り静かに過ごしていた。

(これでは国にいた時と変わらないな)

芦原に戻れば、いよいよ自由には生きられなくなる。芦原の王は自らを厳しく律することを求められ、民の模範としての姿を見せなければならないのだ。

だが急に自由にしろと言われてもどうしたらいいのかわからない。遊び方を知らないわけでもなかったが、漣歌は自分が芦原から来た王族というだけで近づいてくる者たちをあまり好きにはなれなかった。彼らの多くは貴族かあるいは富豪の子息で、璉歌に取り入り、この先有利な機会を得たいとする顔が見え見えなのだ。せめてもう少し隠してくれたら、と思う。そうしたら自分も気がつかない振りをするのに。

グラファーに来て一月《ひとつき》半が経《た》った頃には、璉歌はすでにこの留学に飽いていた。これなら芦原にいたほうがまだましだったと思う。それでも何かを得て帰らないとは思い、勉学だけは励んでいた。そんな時だった。同じクラスの者から、夜会に誘われたのは。

「夜会とは言っても、そんなに堅苦しいものじゃない。学外からの伝手《つて》で来る人も大勢いるし、おもしろいと思うよ」

そんなふうに言われても、璉歌には興味が持てなかった。どうせ同じような人間ばかりが集まるのだ。とはいえ断ってばかりで、芦原から来た皇太子は全然自分から楽しもうという姿勢を見せなかった、と噂《うわさ》されるのも面倒だ。

「……わかった。招待ありがとう」

「本当かい⁉　ぜひ来ておくれよ！　みんな楽しみにしている！」

思いのほか喜ばれてしまい、璉歌は消極的だった自分を少しばかり反省した。彼らは彼らなりに璉歌に興味を持ってくれているのかもしれない。

そんなふうに思い直して夜会とやらに出席してみたのだが、予想は悪い意味で裏切られた。

客層は乱れていて、宴は下卑た会話と紫煙に満ち、そして御禁制の麻薬などが出回っていた。来ている者の多くは今夜限りの相手を探しているらしく、あちらこちらで抱擁や接《せっ》吻《ぷん》、あるいはそれ以上の行為を繰り広げている。一歩足を踏み入れた瞬間に『騙《だま》された』と思った。

「君、綺麗《きれい》だね」

「外国人かな？　どこから来たの？」

璉歌の容姿はひどく目立ってしまうらしく、少しの間立っているだけで人目を引いてしまい、ひっきりなしに声をかけられる。

「こっちに来て一緒に飲まない？」

「いや、連れを探しているので」

断るために何度もそんな嘘《うそ》をついた。連れなど最初からいない。璉歌をここに誘った級友が、離れた場所でこちらを見て仲間とクスクス笑っている姿を先ほど目撃した。最初から璉歌を困らせる目的だったのだろう。

こんな場所に長居は無用だ。さっさと帰ろう――――。そう思っているのだが、出口へ向かうまでにも誘惑の手が伸びてくる。

「連れなんかどうでもいいじゃないか。俺たちと遊ぼうぜ。楽しませてやるから」

その中でも一際しつこい輩《やから》に絡まれ、璉歌の形のいい眉が寄せられた。

「本当に、すまない。もう行かないと」

「ああ？　どこに行こうって？　いいからこっち来いよ」

痺《しび》れを切らした男が璉歌の手を無遠慮に摑《つか》む。その瞬間に勢いよく振り払ってしまった。

「触るな！」

その拍子に男が手にしていたグラスを跳ね飛ばしてしまい、中の酒が男の胸元に勢いよくかかる。男の顔色が変わった。

「てめ……」

まずい、そう思って身構えた時、後ろから肩を叩《たた》かれた。

「――こんなところにいたのか」

（え？）

ざわめきの中で、その声だけが妙にはっきりと聞こえる。璉歌が振り向くと、そこには一人の男がいた。すらりと背の高い、男らしい端整な顔立ち。

「探していたんだ。さあ早く行こう」

「――あ」

するりと自然な動作で手を握られる。だが嫌悪感はまったく湧かなくて、そのことに璉歌は驚いていた。

「なんだお前は」

酒をかけられた男が突然の闖入者《ちんにゅうしゃ》に声を荒らげる。だが現れた男はまったく怯む様子もなかった。

「この子は俺の連れなんだ。だから連れていく」

「そんな話が通用すると思ってんのか。横から来てかっさらおうったってそうはいかねえぞ」

「いかなかったらどうなるんだ」

「この――――」

拳が男の顔めがけて飛んでこようとしていた。だが新しく現れた男は、璉歌の手を握ったまま必要最小限の動きでそれを躱《かわ》す。そして次の瞬間、殴ろうとしていた男は、どういうわけか床に蹲《うずくま》っていた。

「――――」

手を繋《つな》がれていた璉歌はかろうじてその一部始終を見ることができた。この男は、拳を躱したと同時に、相手の急所に自分の拳をめり込ませていたのだ。

「お、おい、どうした⁉」

「行こう」

倒れた男の連れが目の前で起きた出来事を理解できない様子で声を上げる。その間に璉歌はもう、その場所から連れ出されていた。

「……っ」

建物を出て、夜の帳《とばり》の中を男と駆ける。知らない男とこんなことをしているだなんて、璉歌は信じられない気持ちだった。

いったい誰なんだろう。この男は。

璉歌は横を見ながら、自分の心音が速くなっているのに気がついた。これは男と一緒に走っているからだろうか。それとも。

「このあたりまで来れば、まあ大丈夫だろう」

そこは大きな川べりだった。月明かりを受けて水面《みなも》がきらきらと輝いている。

璉歌の手を離した男は、ちっとも息を乱していないように見えた。

「ありがとう」

璉歌が礼を言うと、男は苦笑するような表情を浮かべた。どことなく困っているようにも見える。

「そんな簡単に礼を言っていいのかな。俺もまた、君とお近づきになりたくてあの状況を利用しただけかもしれない」

確かにその通りだった。一瞬はっとした璉歌だったが、だがすぐに思い直す。

「それなら、そんなふうには言わないと思う。それにあの場から連れ出してくれて私が助かったのは事実だ」

そう告げると、男は少し驚いたような顔をした。

「私は璉歌という。芦原から留学で来た」

「知ってる」

男が璉歌を見て微笑《ほほえ》んだ。

「君がやんごとなき身分の人だということも」

「……そうか」

璉歌は視線を少し落とす。この男もまた、璉歌の立場を利用しようと近づいてきたのだろうか。

「俺はウルナスという。この国には仕事でやってきた」

そこで初めて男は名を明かした。

「仕事？」

「君のような子には考えられない仕事だよ」

子供扱いされたような気がして、璉歌は少しむっとする。

「世間知らずのように言うな」

「実際そうだろう。あんな場所は、君のような人が出入りする場所じゃない。あそこは違法な薬物も使用されている」

「ではウルナスは何故《なぜ》あんなところにいたのだ」

「商売の関係でね。ああいう場所には繋がりがある」

その言葉から、彼の言う仕事がまっとうなものではないのだと推測された。

璉歌の立場からすれば、本来なら関わるべきではない人間だ。だが――。

「期待されても、私には何もできない」

璉歌がいずれ王として、その権力を自由に振るうことができたのなら、その身分を目当てに近づいてくる者たちを自由に選別し、私情のまま側《そば》に置くことができたかもしれない。

だが、芦原の王とはそういったものではない。

崇《あが》められ、生き神のように扱われはするが、その分厳しい目に晒《さら》されて内心の自由すらままならない。

けれど、芦原の民にとって王の存在は拠《よ》り所《どころ》となっている。その思いは裏切れない。

「私にはウルナスに何か便宜を図ったりすることはできない。なんの礼もできず、申し訳ないが」

璉歌がすまなそうに告げると、ウルナスはおかしそうに笑った。

「別にそんなものははなから望んじゃいないさ」

「え」

「君が綺麗だったから思わず助けた」

「――」

容姿についての賛辞の言葉なら、それこそ幼少の頃から言われ続けてきた。漣歌自身は自身の美醜などよくわからないし、それこそ世辞も多分に混ざっていると思っている。だから美しいと告げられてもなんとも思わないが、何故か、この男に言われると心が揺れ動いた。

「本当に綺麗だ。ずっと近くで見ていたい」

「……そ」

そんなに見るな、という言葉は途中で消えてしまう。漣歌はその時恥ずかしさを覚え、ウルナスから目を逸らした。頬が熱い。今が夜でよかったと思う。

だが、月明かりが今にも朱《あか》く染まった顔を照らし出してしまいそうで、漣歌はウルナスの前で気が気ではない心を必死に宥《なだ》めていた。

そんな時、ウルナスの指が漣歌の顎にかかる。

「――――」

ウルナスがこちらを見つめていた。真剣な目をしていて、漣歌は何も言えなくなる。

やがて彼の唇が重なってくると、まるでそれがごく自然なことであったように、漣歌は目を閉じるのだった。

それからというもの、璉歌はウルナスと度々顔を合わせていた。

彼の仕事とやらの内容はよくわからないが、どうやらこの国の王族とも繋がりがあるらしい。個人的な縁だと言っていた。

「決しておおっぴらにできることではないが、必要な仕事さ」

「必要ならいいのではないかと思う。世の中正しいことばかりで回っているとは、今は私も思ってはいない」

街角の料理屋で昼食を取りながらそんな話もする。味の濃い煮込みをパンにつけて食べるのが気に入った。芦原の者が見たら、行儀が悪いと窘《たしな》められるだろうが。

こんな食事の仕方も、ウルナスに出会ってから初めて知った。

「俺は君の国の人に殺されそうだな」

肩を竦《すく》めながら言うウルナスに、璉歌は大真面目《まじめ》に答える。

「黙っているから問題ない」

「そうしてくれるとありがたいよ」

やはり真面目な顔になって返すウルナスがなんだかおかしくて、璉歌はつい笑いを漏らしてしまった。彼に会ってからよく笑うようになったと自分でも思う。

ウルナスは、これまで璉歌の側にはいない種類の人間だった。彼は多くの国を訪れているらしく博識で、彼と話しているのが楽しかったし、もっと話を聞きたかった。そしてウルナスが時折璉歌の肩や、その長い髪にそっと触れたりすると、どうしようもなく胸が高鳴ってしまうのを止めることができなかった。

もっと彼に触れられたい。そしてできれば触れもしたい。そんなふうに思ってしまうのは、きっといけないことなのだ。璉歌はそう思ってその感情を押し殺す。それに、これほど魅力的な男だ。きっと他に特別な人がいるだろう。自分も彼も、いつまでもこの国にいられるわけでもない――――。それを思うと、胸が少しだけ締めつけられた。

ウルナスと出会ってからの季節はめまぐるしく過ぎていき、璉歌の留学期間もいよいよ終わりとなる。そんな折、璉歌はクラスメイトに話しかけられた。学内では比較的真面目だが地味な学生だったので、璉歌は彼の名を知らなかった。

「話があるんだけど」

「なんだ?」

「ここじゃちょっと」

教室では言いにくい、という雰囲気だったので、璉歌は学校の近くのカフェへと誘った。ここはいつも空いていて穴場なのだとウルナスに教えられたのだ。

「君がこういう店を知っているなんてね」

「ある人に教えてもらったんだ」

「それって、ウルナス・ジスディールのこと?」

彼がウルナスの名を出すのは予想外だったし、璉歌は彼のフルネームを初めて聞いた。

「実は、僕の父はこの国の王室に勤めているんだ」

彼の家は代々、グラファー王家で勘定方を担当しているらしい。王室が関わる事業の数字を取り纏めているそうだ。

「君はキルシュ様を知っている? 陛下の弟に当たる方なんだけど」

「名前だけなら」

璉歌がこの国に来た時、王宮へ挨拶に出向いたが、王弟は留守だと言われたような気がする。

「勇猛な将軍だと聞いている」

「うん、とてもお強くて、武勲を数多くたてられている方なんだ――――、ただ、素行のほうがあまりよろしくないいんだけど」

キルシュという王弟は、戦にはとても強く、これまでこの国が巻き込まれた戦乱を何度も救っていた。

「でも多少素行が悪くとも、この国では彼は英雄なんだ。そう、英雄色を好むっていうしね」

素行が悪いというのは、どうやら彼は漁色家《ぎょしょくか》であるらしいのだ。男女を問わず寝室に引き入れたり、あるいはいかがわしい店にも平気で入ったりしているという。

「この国も平和になったから、暇を持て余しているんだろうっていう話だけど」

彼の話が進んでいくにつれ、璉歌は困惑に眉を寄せた。彼はどうして璉歌に、素行の悪い王弟の話をこんなに深刻にしているのだろう。

「――『メトシェラ』って知っている？」

「え？　……いや」

聞いたことのない単語に、璉歌は首を横に振った。

「この国から西に少し行ったところに、城壁に囲まれた都市がある。そこは高度な自治権を持っていて、代々の総督がそこを治めている」

「その都市がどうかしたのか」

「そこはいわゆる風俗都市なんだ。この世界にあるあらゆるいかがわしい店がそこに集まっている」

「……そんな都市が存在できるなんて、信じられないな」

「そうだね。僕もそう思う」

彼はとても嫌なものを見た時のような顔をして頷《うなず》く。

「どうもそこで働く娼妓たちは、とても質が高いそうなんだ。意味わかるかな。見た目とか、あと、技術とか――らしいんだけど」

言いにくそうな彼の様子に、続けてくれ、と促した。あまりそういったことの些細《ささい》な説明は聞きたくない。

「その都市でどんなことが行われていても、壁の中だからある程度秘密にできるし、そこで完結できる。警備も厳重らしいからそこで働いている者が逃げ出すか溢《あふ》れ出すかして、周囲の風紀が乱れる可能性は低いし、あと、世界中の富豪はもちろん、他国の王族や重鎮までお忍びで行ってその都市で遊んでいるって話らしい」

「――――破廉恥な」

璉歌は氷のような目つきで呟《つぶや》いた。そんな都市があるなど信じられない。

「今の総督はもう高齢で、そろそろ次の総督が選ばれるだろうって言われている。あそこは世襲制でも選挙制でもなくて、総督の指名で決まるんだ」

「それが？」

璉歌はもう、そんな不愉快な都市の話など聞きたくなかったが、話はまだ続きそうだった。

「次の総督は、ウルナス・ジスディールなんじゃないかって言われている」

「――――え？」

そこでウルナスの名が出て、璉歌は視線を上げてクラスメイトを見た。彼はどこか同情にも似た眼差しで璉歌を見つめている。

「ウルナス・ジスディールは、裏の社会の人間だ。彼はこれまでいくつもの娼館を経営管理し、奴隷などの人身売買にも手を染めている。その手腕が買われたんだろうって、父が話していた。王弟陛下はメトシェラの常連で、そしてウルナスの友人らしい。この話も彼が推薦したんじゃないかって噂だ」

――この国には仕事で来たんだ。

ウルナスの言葉が脳裏に甦《よみがえ》る。

「君は、ウルナスと交友があるみたいだから……、その、忠告しておいたほうがいいかと思って」

「……」

璉歌はすぐに反応することができなかった。以前彼と交わした会話がぐるぐると頭の中を回る。

――決しておおっぴらにできることではないが、必要な仕事さ。

――必要ならいいのではないかと思う。世の中正しいことばかりで回っているとは、今は私も思ってはいない。

あの時、あんなことを言った自分を叱責したかった。

やはり自分は世間知らずなのだ。璉歌はてっきり彼の仕事を、酒を出して騒ぐような、あの夜会のようなことを手がけるものだと思っていた。それがまさか、身体を売らせるようなことや、あまつさえ人買いのようなことをするなどとは。

そんな自分の認識の甘さを、璉歌はひたすら恥じるばかりだった。


「君はもうすぐ芦原に帰ってしまうのか」

よりによって、最初に連れてこられた川のほとりで彼は言った。今は日が沈む時間だから、夕陽《ゆうひ》が川に反射して橙色《だいだいいろ》に光っている。ウルナスはそれを見て、君の瞳と同じだと笑った。

「そんな顔をしないでくれ。俺も寂しいよ」

ウルナスは、璉歌がじきに離ればなれになってしまう自分たちのことを憂いているのだと思っている。それもまた確かにそうだ。彼と会えなくなるのは寂しい。

(寂しい――――？　いや)

そんなふうに思ってはいけないのだ。何故なら、彼はメトシェラという、どうしようもなくおぞましい都市の総督となろうとしている。そんな存在に、芦原の王となろうとしている自分が関わっていいわけがない。

(どうして、あの時私を助けたりした)

出会わなければこんな思いをすることはなかった。この男に惹《ひ》かれることはなかったはずなのに。

「……何故、黙っていた」

「ん？」

ウルナスは首を傾《かし》げた。

「メトシェラの総督のことだ」

「――――」

彼は瞠目《どうもく》して璉歌を見る。その瞳の奥に一瞬動揺が走って、ああやはり本当のことなのだと落胆した。

「知っていたのか」

「人づてに聞いた」

「はあ……、情報漏洩《ろうえい》は一大事なのになあ」

「何故だ!?」

暢気《のんき》な口調でぼやくウルナスに、璉歌は叫ぶように問うた。

「何故、そんな、仕事を……！　人を貶《おとし》めるようなことを！」

責めるような声で詰め寄ってくる璉歌を、彼は表情をなくして見つめていた。そんな彼の反応は、まるで相手にされていないようで悲しくなる。もっと怒って、反発してくれたならまだよかったのに。

「最初に言ったはずだ。おおっぴらにはできない、だが必要な仕事だと」

「どこが必要だというのだ！」

璉歌には理解できない。人間を閉じ込めるような真似《まね》をして、見ず知らずの客の相手をさせるなどと。

「君のような立場の人には理解できないかもしれない。だから黙っていた。だが」

ウルナスは続けた。

「俺の勘だが、君にも才能があるような気がする」

「は……？」

彼が何を言っているのか、璉歌は一瞬わからなかった。

「君はメトシェラで君臨できるかもしれない」

「――――」

この男は、私を娼婦を見るのと同じ目で見ているのか？

そう思った時、璉歌は頭に血が昇るのをはっきりと自覚した。胸の奥から怒りが込み上げてきて一瞬言葉を失う。

「――――この、戯《たわ》けが……！」

ようやっと出た言葉は、相手を罵るものだった。

漣歌は踵《きびす》を返し、その場を去る。ひどく裏切られたような気分だった。背後からはなんの声もなく、また男が追ってくる気配もない。

漣歌は目尻に滲《にじ》んだ涙を、白い指でそっと拭った。

「久しぶりだな。二年ぶりくらいか？」

「おそらくは」

　ウルナスが璉歌に与えた部屋は、最上階の東南に位置する一画だった。窓からはメトシェラの都市が一望できる。

　部屋の中は、一流の調度品が置かれていた。そのどれもが真新しい。床は磨き上げられ、深い紫色のカーテンが重厚な印象を醸し出していた。

「……これから身をひさぐ者の部屋としてはいささか不似合いなように思えるが」

「とんでもない。君はこれからこの『月牢』の頂点に立つ存在となるんだ。こんな部屋では足りないぐらいさ」

　璉歌が言ったのは、自虐ではないつもりだった。自分はこれから本当に男に身を売る生活を送るのだから。つい先日までは一国の王として、皆に傅《かしず》かれていた。いい王だったかはわからないが、家臣や民に支えられ、これからも王として生きるのだと思っていた。

　自分の選択は間違ってはいない。この身ひとつで芦原を救えるのなら、安いものだ。私の代わりならいる。

「私を王のように扱うのはやめろ。それはもうとうに捨てたものだ」

「……ほう」

ウルナスの瞳が悪戯《いたずら》を思いついた子供のように光る。だがそれは、邪心を持った子供の瞳だ。

「璉歌殿は、覚悟を持って来たと？」

「当たり前だ。でなければ、身ひとつでこんなところまで来ない」

ウルナスは口元に嫌な笑みを張りつかせたままこちらを見た。その様子に璉歌の背筋にひやりとしたものが走る。なんだ。私は何か間違ったか。

「――その健気《けなげ》さ。俺は、そんなあなたに懸想したのです」

ウルナスが一気に距離を詰めてきた。手首を握られ、顔を近づけられて、思わず目を逸らそうとするのをすんでのところで耐える。

「この街の門をくぐった瞬間から、君の命は俺のもの。どうしようと、すべては俺の胸先三寸だ」

「………………」

「今からそれを、じっくりと教えて差し上げよう、璉歌殿」

肩を強く突き飛ばされ、璉歌は背後にある巨大なベッドに背中から倒れ込んだ。

「娼妓として扱って欲しいと？　残念ながら、それは少し異なる。君は王としての矜持《きょうじ》を持ったまま、男に抱かれるのだ」

「何を、戯けたことを——」

「心配せずとも、快楽を愉《たの》しむ方法はここに訪れる男たちが教えてくれるだろう。俺ももちろん授けて差し上げる」

ウルナスは着ていた丈の長い上着を脱ぎ捨てる。それを見た瞬間、璉歌は一瞬目を伏せた。

いよいよ始まる。

「その顔が大変素敵だ。誇りを踏みにじられる前の諦めた顔。興奮する」

ウルナスの大きな手で顎を摑まれ、持ち上げられる。黒絹のような髪が白い顔にかかった。

そして熱い唇で自分のそれを塞がれた時、璉歌は一瞬、昔のことを思い出した。

芦原の王族が住まう宮城《きゅうじょう》は、四方を美しい堀に囲まれていた。

大広間では心地よい楽の音が控えめに流れている。二年に一度の、外つ国からの客を招いて開かれる宴は、多くの人で賑《にぎ》わっていた。

「殿下。璉歌様」

「サシャナ王、ご無沙汰いたしております」

南の国の国王に呼び止められ、璉歌は足を止めて柔らかな笑みを浮かべる。

「相変わらず美しい――――、芦原の蓮《はす》の花と謳《うた》われるだけのことはありますな」

「お戯れを」

璉歌は美しい青年だった。この時はまだ皇太子の身分だったが、いずれは老年の父に代わって芦原を統《す》べることになるだろう。この国は男子でなければ王位につけない。璉歌が生まれるまで、王の子は女子ばかりだった。この時璉歌は二十歳になったばかりで、若々しい花の木のような艶《つや》やかさと、硬質な宝石のような凛々《りり》しさを併せ持っていた。

上質な生地で仕立てられた衣装には繊細な飾り糸が施され、その上に光沢のある青紫の羽織を纏っている。それは芦原の腕のいい職人によって作られており、この国が世界に向けて誇るものだった。

長い黒髪を飾る髪飾りは、璉歌が歩く度に涼やかな心地のよい音を立てる。この夜の主役は、誰が見てもこの若き皇太子だった。

「我が盟友である父君も安心だろう。殿下という、後を託す立派な息子がいる」

「畏《おそ》れ入ります」

父が築いた人脈を受け継ぎ、この国をより豊かで幸せな国にしていく。そのために自分がいるのだと思っていた。それまで皇太子としての役務も、しっかりと務め上げていかねばならない。王族として生まれたその責任は重い。

「これからも、我が国は芦原と友交を――――」

その時、背後から密《ひそ》かなざわめきが伝わってきて、サシャナ王は言葉を止めた。璉歌もまたそちらに視線を向ける。そして夕陽の色の瞳を微《かす》かに揺らめかせた。

「あれは――――メトシェラの総督ですかな」

風俗都市メトシェラのウルナス。彼が入り口から入ってくると、周りの招待客の空気が変わった。

メトシェラは高度な自治を持つ商業都市の類《たぐい》で国というわけではない。だが金は唸《うな》るほどにあった。四年ほど前に先代から自治権を引き継いだウルナスの商才や内政の手腕は見事なもので、大陸のほとんどの国はメトシェラと貿易を交わしている。芦原もそのひとつだった。

だが、いくら富を集めたとて、メトシェラは他の国々から一段下に見られている。それはかの都市が、風俗産業で成り立っているからだった。

悠然と歩いてくるウルナスに向けられるのは、蔑みや嘲り、そして女たちの欲の籠《こ》もった眼差しだった。ウルナスは、そう、王侯貴族など身分の高い女たちすらも焦がれるほど、さらに男ぶりが増していた。

そんな視線を一切無視し、ウルナスは口元に小さな笑みを浮かべ、漣歌の元に真《ま》っ直《す》ぐに歩いてくる。サシャナ王は関わり合いになりたくないのか、さりげなく離れていった。

「漣歌親王《しんのう》。今宵はお招きに預かり、光栄至極」

「……よく、参られた。壮健そうで何より」

恭しく述べられる挨拶に短く返す。彼がこういった場所に現れるのは珍しかった。他の国も形式的にメトシェラの主《あるじ》を招待するが、ウルナスも仕方なく招かれているのはわかっていると見えて、姿を見たことはなかった。

「今夜の殿下は、格別に美しい」

飽きるほどに聞かされている賛辞だというのに、ウルナスから言われると妙に胸がざわざわした。

ウルナスはちらりとあたりを見回すと、漣歌に向けて素早く言葉を伝える。

「――奥の扉から庭に出ている。後で来てくれ」

そう言うと彼は璉歌に対して一礼して、泳ぐように広間を進み、やがて奥の扉から姿を消した。

人前であまり親しく話していると璉歌に迷惑がかかる。そう思って、二人だけになりたいと彼は言っているのだ。別段璉歌に行く義務はない。だが妙に落ち着かなく、気がつくとウルナスを追うようにして、自分も庭に出てしまった。あの場には弟もいる。璉歌一人が多少抜けても支障はないだろう。

庭に出ると、ひやりとした空気が身体を包む。天には月が昇っていた。

美しく手入れされた庭の低い生け垣の向こうに彼はいた。璉歌が近づくと、振り返って優しい笑みを浮かべる。

「会いたかった」

そんな言葉にも、璉歌は顔を逸らしてしまう。

夜会で助けられ、たどり着いた川辺で彼は璉歌に口づけをくれた。

触れ合ったのはその一度きり。

そして、彼は璉歌の帰国から一年後、メトシェラの総督となる。

商人だと言っていたが、本当にあの歓楽の都の総督になるなんて。

芦原の王となる璉歌は、もう彼の近くにはいけないと思った。それを知って初めて自分がどれだけウルナスに惹かれていたのかを思い知ったが、もう詮無きことだ。古き芦原の王族である自分が、欲望の都の王と親しくするのは許されることではない。

漣歌は彼のことを、忘れなければならなかった。

「背が伸びたか？　綺麗になった」

「ウルナスは……より逞《たくま》しくなったな」

彼もまた、四年前よりも身体の厚みが増したように見える。そして何より雄の色気のようなものを纏っていた。

「君に褒められると悪い気はしない」

月の光を受けて、緑の瞳がきらめく。一瞬、搦め捕られてしまうような気がした。

「噂は聞いている。もうすぐ即位するとか。立派になったな。お祝い申し上げる」

「どうしてだ」

唐突に出た言葉を、彼は一瞬理解できないようだった。

「どうして、メトシェラなんかに」

あんなふしだらな都市を治めることになったんだ。あそこは誰にも褒められない場所だ。ウルナスがあんなところにいるから、私はお前を諦めなければならなくなった。

「そのことか」

彼はまるで悪びれないように笑う。その表情に、胸がかきむしられるようだった。

「行儀のよくない街だとは思うが、ああいう場所は必要なんだ。だからみんな金を落としていく」

「理解できない」

「外交上は無視できないはずだ」

「それは知っている。だがそれとこれとは別だ」

「君のような子では、仕方がないか……」

困ったように言うウルナスに、まるで侮られたような気がして、璉歌は気色ばむ。勝手に裏切られたような気持ちになっていた。

「あそこは面白いところだよ。人間というものの本質が見える。人は愚かで愛《いと》しい生き物だ」

「なんだと――――」

「俺は君のことも愛おしいと思っている」

ウルナスの手が頬に触れる。その瞬間、身体が痺れるような陶酔が走った。このままこの男の腕の中に飛び込んでしまいたい衝動に駆られる。

「――――どうかわかってくれ。いや、わかってくれなくともいい。ただ、君に触れることを許してもらえれば」

ウルナスの男らしく端整な顔が近づいてくる。璉歌の脳裏にあの時の記憶が呼び覚まされた。川辺での口づけ。軽く息を呑《の》む。

そして、璉歌は手にした扇で、男の顔を強《したた》かに打ち据えていた。

「――――痴《し》れ者《もの》！」

ウルナスは驚いたような顔でこちらを見ていた。頬が赤く染まり、扇で切れたのか、一筋の血が滲んでいる。

「ふしだらな者が、私を愚弄《ぐろう》するつもりか。次はない。その顔、二度と私の前に見せるでないわ！」

大切な思い出を穢《けが》されたような気がした。それが許せなくて、鋭い刃《やいば》のような言葉を男に投げつける。その時、ウルナスがどんな顔をしたのかはわからない。とても見ていることができなかった。

璉歌は踵を返し、小走りで広間へと戻っていく。

ウルナスが戻ってくることはなかった。

そしてその二年後、璉歌は己が貶めたメトシェラへ、娼妓として赴くことになる。それが決まった時、なんという皮肉なのだろうと思わず笑えてしまったほどだった。

あの男はきっと、璉歌を恨んでいることだろう。

いったいどんな目に遭わされるのかもわからなかったが、もしかしたら罰なのかもしれないと思った。

「んん……！」

熱い唇が、璉歌のそれを包み込む。留学時、ウルナスと親交があった時にも、こちらが勝手に淡い想《おも》いを抱いていただけで、軽い口づけを交わしたのみだった。それなのに、今こんな欲望じみた形で口を合わせている。

「璉歌殿、軽く口を開くんだ。俺の舌を迎え入れて、口の中を舐《な》められる感覚を味わってごらん」

「……っ、ぅ」

ここからもう、男を受け入れるための教育が始まっているのだ。璉歌はウルナスの言う通りに軽く口を開く。すると肉厚の舌がするりと侵入してきた。他人の舌が口の中に入る感覚といいようにされる屈辱に、目の端に涙が浮かぶ。抵抗できない。自分はここで、娼妓に身を堕《お》とさなければならないのだ。

そんな璉歌の気持ちをどう思っているのか、ウルナスの舌が敏感な粘膜を舐め上げる。ぞろり、と上顎の裏を擦《こす》られて、びくん、と身体が震えた。

「っ、……っぁ、ふ…っ」

くちゅ、くちゅとはしたない音が口の中から漏れる。互いの舌が触れ合っている時に出る音だ。

「……もっと舌を出して、俺に吸わせろ」

「っ、うっ…」

ここに来たからには覚悟を決めなければならない。必死に言う通りにして舌を突き出すと、ちゅるん、とウルナスの口の中に引き込まれた。

「ぅあっ」

舌を吸われた時、背中にぞくぞくと妙な感覚が走る。生まれて初めてのことに、璉歌は思わず身を引こうとした。ところが、それを想定していたらしいウルナスの手に顎を捉《とら》えられ、深く口を合わせられる。

「――――～～っ、っ」

舌根が痛むほどに強く吸われて、頭の中がかき乱される。身体の芯に熱が灯《とも》り、思考が濁ってきた。

「ぁ、んぅ…っ、っ」

璉歌はこれまで青童として育ってきた。接吻や情を交わす行為も知識としてはあったが、それはこんなふうに情欲を交わすものではない。それなのに、いきなりこんなところに放り込まれ、淡い想いを抱いていた男に房事を仕込まれている。国の王となっても明日はどうかわからない。運命とは、ひどく当てにならないものだ。

「ふ、んっ！」

口の中を嬲《なぶ》られながら取り留めもない思いを巡らせていると、ふいに胸の先に刺激が走って、璉歌はびくりと身を震わせた。

ウルナスの指先が、衣服の上から璉歌の胸の先を弄《もてあそ》んでいる。そう思うと、身体が燃え上がるほどの羞恥が込み上げてきた。

「余計なことを考えていないで、集中しないと駄目じゃないか」

「っ、や、ぁ……っ」

これまでほとんど意識してこなかった胸の突起をカリカリと刺激されて、味わったことのない感覚が生まれた。

「や、めよ、あ、んんっ…！」

「璉歌殿、これはまだほんの初歩にもならない。いずれはここで達してもらわねば」

服の上からの愛撫《あいぶ》に、戸惑った肢体がびくびくとわななく。するとウルナスの手が、璉歌の衣服を乱してきた。

「や……」

拒否しそうになって、慌てて口を噤《つぐ》む。だが、想像していたのと違うことをされているのは否めない。確かに璉歌は身をひさぐことを覚悟してきたが、今のウルナスの行為は、あまりにも――――。

「ま、待て――――、ウルナス」

「今更この話はなかったことに、というのは通じないぞ。御身はこの『月牢』において娼妓として働くという仕儀になったはず」

「もちろんだ。それには相違ない。だが」

そうこうしている間にも、璉歌の衣服はウルナスによって脱がされていった。日に当たらない白い肌が露《あら》わになってゆく。

「黙って耐えていればそれでいいと聞いた。触られもしようが、何か別のことでも考えていればそのうち終わると――」

璉歌はそう説明され、ここに来ることを承諾した。だからそれは、こんな妙な感覚をもたらすものではないはずだ。

「……」

ウルナスは璉歌の話を聞くと、一瞬虚を衝かれたような顔をした。それから何がおかしいのか、声を上げて笑い出す。

「な、何がおかしい」

無礼ともいえるウルナスに、璉歌は声を尖《とが》らせた。だが彼は楽しそうに目を細めるばかりだ。

「いやいや失礼……、しかしそれにしても、君がそこまで箱入りだったとは俺も思わなかった。閨《ねや》の作法も、本当に必要最低限のものしか教えられてこなかったと見える」

もっとも、と言いかけて、ウルナスはおもむろに璉歌の両脚を割り、自分の身体を割り込ませてきた。

「由緒正しい芦原の王だった君に、娼館の手管を教えられる者などいないだろうな。それは俺の役目だ」

「あっ！」

下帯の上から突然脚の間を握られ、びくん、と総身が跳ねる。カアッ、と熱が込み上げてきた。やわやわと揉《も》まれ、どうにも我慢できない感覚が下肢を包む。

「よ、せ……、そのようなところ、触る、なっ……」

「おかしなことを言う。君の身体はもう、ここの支配人である俺と客のものだ。もう触っていけないところなどない」

「――……っ、ぅっ」

布越しに撫でられる場所はひどく敏感で、ウルナスの指の動きひとつひとつにあやしい刺激を植えつけられた。はあ、はあと息が乱れ、内腿《うちもも》がしっとりと汗ばんでくる。

――いったいどうしたことだ。私の身体はどうなって――。

「気持ちがいいだろう？」

戸惑う璉歌に、ウルナスが囁くように言った。唇を噛《か》み、きっ、と彼を睨みつけたが、夕陽の色をした瞳には潤んだ膜が張っている。

「君がここで覚えるのは、正気を失うほどの快感だ。誇り高い君主であった君が愛撫に我を忘れ、乱れる様はどんな男でも夢中にさせるだろう」

「――――ふぁっ、あっんっ！」

脚の間への刺激はそのままに、胸の突起を口に含まれ、舌先で転がされて、異なる快感を与えられた璉歌はシーツを握りしめた。ぎゅうっと握りしめたいのに、指に力が入らない。

「声は我慢したいならすればいい。どうせ長くは保《も》たないし、堪《こら》えているものを出させた時に、客の征服欲は満たされる」

「たわ、け…た…ことを、んぁっ、んんぅ……っ！」

下帯の下のものから卑猥《ひわい》な水音がした。先端から溢れたものが、ウルナスの指の動きとともにくちゅくちゅと淫猥な音を立てる。顔が熱くなり、破裂しそうだった。自分の身体に何が起きているのか、理解できない。

「少し触っただけでこんなに濡《ぬ》らしている。思った通りだ。君には才能がある。それも、とてつもないレベルの」

「……っあ、ああっ」

直《じか》に股間に触れられ、驚愕《きょうがく》と快感の混ざった声を漏らした。そこを彼の指が、手が握っている。先端から愛液を零《こぼ》したものを手の中で擦り上げられ、裏筋を優しくくすぐるように刺激された。

「っ、あっ、あっ！」

「さあ、もっと力を抜いて……、イくことを覚えるんだ」

何を覚えるというのだ。

経験したことのない感覚を味わわされ、璉歌は激しい動揺の中で必死に自分を保とうとしていた。耐えがたいほどの羞恥と屈辱。なのに、それすらを凌駕《りょうが》してしまうような粘度の高い、甘い刺激。それは璉歌の全身を痺れさせ、まともな思考を少しずつ奪っていく。

「っ、あっ、うっ」

脚の間の自身を扱《しご》かれるのも耐えがたかったが、同時に乳首を舐められ、吸われるのも我慢ならなかった。異なる刺激をどう受け止めていいのかわからず勝手に身体をくねらせてしまう。

「……っこ、のような、こと…っ！」

堪えろ、と理性が命じるも、体内を蕩《とろ》かすような快感に屈してしまいそうだった。唇を震わせながら耐える璉歌の乳首を、ウルナスが軽く噛む。

「ふあ、ぁあっ！」

脳に突き刺さるような刺激に貫かれた。びくん、びくんと腰が跳ねる。その瞬間、ウルナスの手の中のものが大きくわななき、白蜜が弾《はじ》けた。

「っ、は、あああぁあっ」

腰の奥で何かが爆《は》ぜ、もの凄《すご》い勢いで身体中に広がる。それは途轍《とてつ》もなく気持ちのいいものだった。抵抗しようとする意思がその瞬間に塗り替えられ、快楽に溺れそうになる。

璉歌はここに来ると決めた時に覚悟をしてきたはずだ。たとえどんな目に遭わされようとも、誇りまでは捨てないと。自分を保ってさえいれば、どんな屈辱にも勝てる。本気でそう思っていた。

だが生まれて初めての強烈な絶頂は、璉歌のそんないじらしい決意を蕩かしてしまいそうだった。

「……驚いたな」

ウルナスは自分の指を濡らす白蜜を舌先で舐め取りながら呟く。

「ずいぶんとイきやすい身体をしている」

「だ、まれ」

誇りを踏みつけられ、頭の中がぐちゃぐちゃではあったが、それでも虚勢を張るほどの意思は残っていた。

「私は、お前のことを許さないっ」

芦原の王として璉歌は一人の人間として生きることを諦めていた。けれどもウルナスという男を密かに想うことだけは許して欲しいと、誰にも知られずにしまい込んでいた思慕だったのに。よりによって、この男自身によって穢された。

「許してもらうつもりはないよ、璉歌殿。どのみち、君はもうこの『月牢』のものなんだからね」

璉歌に罵倒されても、ウルナスはいっこうに気分を害した様子も見せなかった。だが彼は璉歌の両手首をシーツの上に縫い止め、覆い被《かぶ》さってくる。

「まさかこれで終わりなんて思ってはいないだろう？　さあ、もっと続けようか。今夜一晩で何回イくのか楽しみだな」

濡れた璉歌の瞳がウルナスを睨んだ。だが、肉体の芯が意思とは裏腹に甘く疼《うず》いているのを、自分でもどうしようもなく感じていた。

両の手首はベッドから伸びた枷《かせ》によって繋がれている。それは璉歌が動く度に、金属の硬い軋《きし》みを響かせていた。

「…っあぁ…あ、あうぅう……っ」

頭を打ち振る度に、璉歌の長い黒髪が乱れに乱れ、シーツに波のように散る。

「またイきそうか？」

ウルナスの声が耳から入って璉歌の頭蓋を舐め回すように響いた。それにすら感じてしまって、引き締まった腰を震わせる。

ウルナスは璉歌を拘束した後、香油の瓶を取り出し、それを璉歌の肌の上に垂らした。ぬめりのあるそれを身体の上に広げて撫でられると感覚が鋭敏になり、全身を愛撫されて喘がせられた。ウルナスの指戯は巧みで、璉歌は自分も知らなかった感覚を次々と探り当てられる。その状態で、軽く五回ほどは極めさせられていた。さんざんに舐めしゃぶられ、弄《いじ》られた乳首がじんじんと脈打つ。今は、双丘の奥、ここに男を受け入れるのだと言われた場所に、ウルナスの指を二本咥《くわ》えさせられている。最初は違和感ばかりだった肉洞も、丁寧に解《ほぐ》されているうちに柔らかくなり、ひくひくと蠢《うごめ》き始めている。自分の身体の変化に、璉歌はついていけなかった。

「狭くてよく吸いつく、いい孔《あな》だ。感度も素晴らしい」

「……っあっあっ…んぅああっ」

二本の指を中で揺すられ、得も言われぬ快感が込み上げてくる。下腹の奥がさっきからじいんと痺れていた。

「さっきの場所でイってみるか？」

中には特に感じる部分があって、その中のひとつをウルナスに可愛《かわい》がられ、璉歌は初めて中で達した。前で極めるのとはまた違う、深くうねるような快楽は恐ろしいほどだった。

「あ、そこ…は、やめよ、や、嫌…だ、あぅぅうう…っ」

ぐぐっ、と指を沈められ、優しく捏《こ》ね回される。そうされると、もう駄目だった。頭の中に白い靄《もや》がかかって、何も考えられなくなる。自分でも知らないうちに、腰を揺らめかせていた。

「璉歌殿は優秀だ。最初からここまで感じられる者はそういない。末恐ろしく思うよ」

「ああっ…、ああっ…、そ…な、かき回す、な、ぁ…っ」

ウルナスが指を動かすごとに、ねちゃ、くちゅ、と卑猥な音が漏れる。自分のそこが出している音だと思うと、死にたいくらいに恥ずかしかった。

「ああっ……」

それなのに、ひくり、と反った喉が蠢く。

恥ずかしいのに、こんなに恥ずかしいのに、身体の芯を熱くさせるものがあった。

「誰もがこの身体を、虐《いじ》めたいと思うだろうね……っ」

ウルナスの声に明らかな興奮が滲む。次の瞬間、小刻みに指を動かされて、璉歌の内奥が痙攣《けいれん》した。肉洞が引《ひ》き攣《つ》れるような動きをしながら絶頂に達する。

「あ、ああ、ああ、くあぁぁあ……っ」

しなやかな肢体を大きく仰《の》け反《ぞ》らせて、璉歌は何度目かの極みを迎えた。反り返った股間のものから白蜜が放たれて下腹を濡らす。

「う、う…っ、ふ」

もう何度イかされたのだろう。身体がおかしくなりそうだった。だが、璉歌は薄々わかってきた。身体がおかしくならなければ、きっとここでは生きていけない。

「前に触らなくともイけるようになったね。じゃあ、ご褒美をあげよう」

「っ、え、ぁ…あっ、ああっ、ふぁぁぁあっ」

ふいにウルナスが璉歌の脚の間に顔を埋《うず》め、濡れた陰茎を深く口に咥えた。鋭敏なそれにねっとりと舌を絡ませられ、雷に打たれたような快感に貫かれる。

「あ、ひ……っ、ぁ、ひぃ……っ」

ウルナスの、まるで別の生き物のような舌が璉歌の弱い場所を執拗《しつよう》に舐め上げてくる。その度に足先にまで甘い痺れが走り、腰ががくがくと震えた。快感が強すぎて、どうしたらいいのかわからない。

「あ、あ―――…っ、だめ、それ……っ、だめ…っ」

とうとう弱音を吐いてしまい、璉歌は許して欲しいとかぶりを振った。だがウルナスがそれを聞いてくれるわけがない。舌全体で裏筋を擦るようにされて、璉歌は口の端から唾液を滴らせて喘いだ。

「ここも、多くの男がしゃぶりたがるだろう。君は奉仕を受けて客を悦《よろこ》ばせるんだ。そのためにもっと快楽に慣れ親しんでもらう。ほら、ここが……たまらないだろう」

舌先で先端をくじられ、小さな蜜口を虐められる。その途端に悲鳴のような声を上げて仰け反った。

「あ、アっ！　もう、もうやめっ、ああっ！」

そこは本当に駄目で、璉歌は繋がれた腕をガチャガチャと言わせながら、どうにかしてその強烈な快感から逃れようと身を捩《よじ》る。けれども身体に力が入らない上に、ウルナスの腕でがっちりと押さえつけられていてそれも叶わない。腰から下が自分のものではないみたいだった。もうとっくに達しているような刺激なのに、どういうわけなのかうまくイけない。ふと気がつくと、ウルナスの指が陰茎の根元を強く縛《いまし》めていて、それで射精が妨げられているのだと知った。

「ここを封じられていると、今の君ではイけない。だから俺の気の済むまで虐められることになる」

「う、あっ…、そのような、こと…ぉ」

腰の奥がずくずくと疼いて、たまらない。早く思い切り達して、吐き出してしまいたかった。

「上手にねだれたら、イかせてあげよう」

「な、何を…っ」

「イかせて欲しい、と言ってごらん」

身体中がカッと燃え上がる。羞恥と怒りのためだ。璉歌は当然のことながら、これまで他人に哀願などしたことはない。暴君だった自覚はないが、王だった時は、周りは皆璉歌の意向に気を配り、忖度《そんたく》してくれた。

「今までそんなことはしたことがなかったろう。けれど、これからはそうはいかないよ。君は快楽に屈服し、男に媚びなくてはならない」

「い…やだ、や、あ……っ」

結局のところ、自分の覚悟などはなんの役にも立っていなかったということか。悲痛な決意を固めて来たつもりでも、璉歌自身は何もわかっていなかった。世間知らずがかえって仇《あだ》になったということだ。

だが今更そんなことがわかっても、もう遅い。

璉歌はのっぴきならない格好で、これ以上はないというほど屈辱に晒されていた。与えられる快感ともどかしさが、理性と矜持をじりじりと削っていく。よりによって、この男に。

「璉歌殿」

「ぅあっ…あぁ…っ」

濡れた性器にちろちろと舌を這《は》わされ、声を出してしまう。喘ぎを殺そうとするのはとっくに諦めた。どうして自分からこんな声が、というよがり声が勝手に上がってしまう。

（イきたい）

「ぁ、あっ…く…っ、ウル、ナス……っ」

璉歌は彼の名を呼んだ。今自分を助けられるのはウルナスだけなのだ。璉歌にこんなことを強いているのはまさにこの男なのに。

「ウルナス、ぁあ…っ、い、かせ……っ」

夕陽の色をした瞳から大粒の涙が零れる。悔しさと喜悦の涙。

「イかせて、くれっ……」

璉歌の中で何かが弾けた。こんなこと言いたくないのに、無理やり言わせられて、嫌なはずなのに肉体の温度が上がる。これは、どういうことだ、どういう――。

「んぁ、んんんぅ…っ！　あ、～～～っ、っ」

脚の間のものを強く吸われて腰が抜けそうになる。璉歌の背が大きく仰け反り、恥知らずな声が漏れた。ウルナスの口の中に為《な》す術《すべ》もなく白蜜を吐き出してしまう。腰骨が灼《や》けつきそうだった。

「あ、あ、あ……っ！」

「上出来だ。よく言えたね」

褒められて、涙に濡れた瞳でウルナスを睨みつける。けれど心のどこかで、それを嬉しいと思う自分がいた。

「では、今から奥を拓《ひら》いてあげよう。痛くはしないから心配はいらない」

ウルナスは指に香油を纏わせ、それを璉歌の後孔《こうこう》に挿入させる。もうすでに快楽を覚えてしまったそこは、彼の指をきつく締めつけた。

「う…っ、うっ、く……っ」

「ここは男を悦ばせると同時に、君も大きな快楽を得られる大切な場所だよ。もうわかっただろう？　しっかりと気持ちよさを覚えるんだ」

「あっ、あっ」

くちゅ、くちゅと卑猥な音が漏れる。与えられる刺激に思わず腰を浮かしそうになって、必死にそれを耐えた。ウルナスはひとしきり璉歌の中を弄んだかと思うと、ずるり、と指を抜く。唐突に訪れた喪失感に、肉洞が奥からきゅううっ、とうねった。

「――――さあ、よく見ておけ。これが今から君を征服する雄のものだよ」

ウルナスが衣服の中から引きずり出したそれを目にした時、璉歌は思わず息を呑む。あまりに猛々《たけだけ》しく、長大な形のものがそこにあった。自分のものとはまったく違う、凶器といって差し支えないほどのそれ。

「……っそ、んなの、入るものか」

「大丈夫だ。きちんと挿入《はい》る。君がいい子にしてくれれば」

「ふざけるなっ！　あっ……！」

両脚を抱えられ、広げられひどい格好にされてしまい、璉歌はウルナスを罵倒した。それにもかかわらず彼は収縮する後孔に自らの先端をあてがうと、無情にも腰を進めてくる。

「――――は…っ、く、ううっ……っ、あ――――…っ」

肉環がこじ開けられ、一番太い部分がそこを通過していくと、甘苦しい感覚に悩まされた。

「少しだけ我慢するんだ。ここが挿入ってしまえば――――」

「やあ、あ、あっ、う、あぁ……っ！」

息が止まりそうな快楽を伴った圧迫感が苦しくて、璉歌は思わず目の前の男の腕に縋《すが》りついた。抵抗の意味を込めて爪を立てると、今まさに自分を犯している彼が、ふっ、と笑ったような気がした。それに意識を取られた瞬間、ウルナスのものが、ずずっ、と肉洞の奥まで這入《はい》り込んでくる。

「っ、あ――――…っ、か、はっ」

文字通り串刺《くしざ》しにされた衝撃に、璉歌の目が見開かれ、ぼろぼろと涙が零れ落ちた。快楽と苦悶《くもん》が混ざった感覚にどうしようもなくなり、全身ががくがくと震えてくる。そんな璉歌をウルナスは優しく抱きしめ、掌《てのひら》で頭を撫でてきた。

「……いい子だったね」

繋がったまま、彼はしばらく動かなかった。璉歌を落ち着かせるように、髪や肩を撫でたり、唇を啄《ついば》んだりしてくる。

「大丈夫だ。ちゃんと入っている。もう、そんなに苦しくはないだろう？」

「……っ、は、あ…っ」

下腹をつうっと指先で撫で上げられ、璉歌はぶるっ、と震えた。ウルナスのものが体内で脈打っている。その圧倒的な存在感にただひくひくと身体をわななかせることしかできなかった。

この状態で動かれたら、どうなってしまうのだろう。

めいっぱい広げられた璉歌の肉洞は、次第にウルナスの怒張に馴染《なじ》み、ジン、とした感覚を生み出すようになっていた。わずかに身じろぎをすると、そこから覚えのある愉悦が込み上げてきて、熱い息が漏れてしまう。そしてそんな璉歌の変化を、ウルナスが見逃すはずがなかった。

「そろそろ動くぞ」

「ま、待て…っ」

「もう平気だろう？　君の中が、可愛らしく蠢いている」

「だ、駄目だ、待て、まっ、――――っ」

ぐん、と中を突かれ、璉歌は思わず仰け反った。ウルナスのたった一突きで、腰の奥から背中にかけて、びりびりとした快感に貫かれる。下腹の奥がじゅわあっ、と熱くなった。

「あっ、な…あっ、あっ！」

（なんだ、これは）

指で後ろを弄られた時も確かに快楽を感じてはいたが、今のこれはまったく違うものだった。内壁を擦られ、奥まで進まれるような律動に、身体の内側から我慢できない愉悦が込み上げる。ウルナスの男根に媚肉が絡みついていくようだった。

「……っすごいな、吸いついてくる」

「ち、ちがう、ちが…っ、ああっ」

わざとしているわけではない。だが、内部をゆっくりと突き上げてくるような動きがたまらなくて、勝手に締めつけてしまうのだ。ウルナスは璉歌の戸惑いを把握しているのか、乱暴ではないが、嬲るような動きで中を責め立ててくる。とうとう我慢ができなくなって腰を揺らしてしまうと、彼は満足げに口元を緩めた。

「覚えがいい」

「あ、はっ…、うっ、あぁ…っ！」

律動が深く、重くなった。ウルナスが腰を打ちつける度に、ぱちゅ、ぐちゅん、という耳を覆いたくなるような音が聞こえる。璉歌の身体が立てている音だ。こんな卑猥な響きを、自分の身体が出すなんて。

「素敵だよ、璉歌殿……、君は堕とされても美しい」

「あ、あ…ひ、ああっ、そこ、はっ……！」

中の特に感じる場所を狙われてしまい、ウルナスの先端がそこを穿《うが》つ度に腹の中が熔《と》けそうになる。もう快楽を堪えようとするのは無理だった。それでも悔しくて、どうにかしてウルナスの胸に両手を突っ張り、身体を離そうとする。だが、力が入らない。

「まだ抗《あらが》おうとするのが可愛いな」

まるで璉歌に思い知らせるように、ウルナスの腰がずうん、と突き上げてくる。弱いところにぶち当てられて、嗚咽《おえつ》するような声を上げさせられた。

「あ、ふあ、あ、あ――――…っ」

両脚ががくがくと震える。

「今、軽くイっただろう？」

「し、ら…ない、知らな……っ」

「中が強くうねっている。俺も気持ちいいよ。ほら――――」

「んんっ、ああんんっ」

立て続けに、グラインドするように動かされて、璉歌の口から甘さを孕《はら》んだ声が漏れる。まるで媚びているような響きに愕然とした。肉体が次第に快楽に支配されてどうにもなら

ない。

「断言してもいい。君はこのメトシェラにおいて、希有な才能を持った娼妓になるだろう」

そんな才能などいらない。そう言おうとしたが、ウルナスに口づけられ、舌を吸われて言葉を奪われた。繋ぎ目がぐちゅぐちゅと音を立てて白く泡立っている。生まれて初めてこんなことをしたのに、璉歌の反応はまるで何年も調教を受けた娼妓のようだった。

「あ――――は――――あう――――う」

もうわけがわからなくなる。淫らな口づけに応《こた》えながら、璉歌は腰を揺らしていった。

ウルナスの逞しいものを、もう根元まで咥え込んでいる。

「――――っああぁっ、あぁぁぁぁあっ」

「く……っ」

一際大きい絶頂が訪れ、璉歌は否応なしに呑み込まれた。全身で快感を味わわされ、はしたない嬌声を上げげる。そしてウルナスもまた、持っていかれるように同時に極め、かつて芦原の王だった玉体の中に射精した。

「あ……っ！」

内奥にぶちまけられた感覚に、ひくりと喉を震わせる。穢された。

「お……のれっ…」

許さない、許さない。璉歌はむしろ自分に言い聞かせるように繰り返す。運命は受け入れよう。だがこの男は絶対に許さない。

「……明日から御身にはいろいろと仕込んで差し上げねばならない」

ウルナスがわざと畏まった口調で言った。

「う、うっ」

ずるり、と男根を抜かれ、後孔から白濁がどぷっ、と溢れる。

「どうせなら愉しめたほうがいいだろう。その点、君は心配ないようだ。なにしろこれだけ淫らな身体をしているのだから」

「……っ」

まだ絶頂に身体をわななかせながら、璉歌はまだ気丈にウルナスを睨みつける。

その夜は、歴史古き芦原の王が、歓楽の都の蝶《ちょう》として堕ちた夜だった。

ふと目を開けると、そこは見慣れない部屋だった。一瞬自分がどこにいるのかよくわからなかった璉歌だったが、すぐに思い出した。

ここはメトシェラの『月牢』。自分は昨日ここに連れてこられ、破瓜《はか》させられたのだ。あの男に。

「っ」

璉歌は横たわっていたベッドの上に上体を起こす。自分の身体を確認してみると、ある程度拭き清められていた。あの男がやったのだろうか。

昨夜の行為の場面が脳裏に思い起こされ、璉歌はシーツを握りしめた。

――落ちぶれたものだな。

歴史ある芦原の王として、内政にすべてを捧《ささ》げていた。民の幸せと国の繁栄だけが望みだった。ここに来たのも、それを願ってのことだった。

未《いま》だにその誇りが邪魔をする。

自分はここにいる娼妓たちの誰よりも淫蕩《いんとう》にならなくてはならない。国のことを思うのなら、それが正しいのだ。

それなら、おそらくはうまくできたはずだ。

ウルナスは褒めてくれた。璉歌には才能があると、ならば、それは喜ばしいことではないのか。

「――――失礼いたします」

その時部屋の扉が開き、男が数人入ってきた。璉歌ははっと身を強張らせ、乱れた衣服を胸元でかき合わせる。

男たちは皆同じ黒い服を着ていた。ここの制服だろうか。皆、屈強な体格をしていた。

「ウルナス様のご命令で、本日の『教育』を受けていただきます。そののち、お身体を清めさせていただきましょう」

「……教育とは」

「もちろん、お客を取っていただくための訓練です」

男の一人が手で合図をした時、何人かの男が近づいてきた。璉歌はベッドの上からその中の一人に抱え上げられる。

「おろせ――――」

自分で歩ける。どうせ逃げられないのなら、自分の脚でそこへ向かいたかった。だが男たちは意にも介さない。

部屋の中にある扉のひとつを開けると、そこは湯殿に繋がっていた。色とりどりのタイルで飾られた、広く大きな浴室だ。男がポンプを下げると、そこから豊富な湯が流れてくる。湯船にみるみる湯が溜まり始めた。

「さあ、では、腰をこちらに向けて」

漣歌は浴室の床に両手をついて這わせられる。未だ慣れない屈辱に、唇を噛んだ。床にざあっ、と湯が流れてくる。

「昨夜は、ウルナス様に破瓜してもらったそうですな。中に残っている精液を洗い流しましょう」

「ぅあっ」

後孔に男の指が挿入された。ツン、とした刺激に短い声が漏れる。指が無遠慮に中に入って、漣歌の肉洞を広げ始めた。

「力を抜いて。そう、上手です――。ああ、ずいぶんたっぷり出していただいたんですね」

「う、うっ」

肉環の入り口からどろりとした白濁が流れ落ちる。それは昨夜、ウルナスが漣歌の中に放ったものだった。羞恥と屈辱、そしてもはや誤魔化しようのない快感に身体が熱くなる。男の指を咥え込んで、後ろがひくひくと震えた。

「ずいぶん覚えがいいお身体だ」

ずぷっ、ずぷっ、と指が抽送《ちゅうそう》される。覚えたばかりの快楽が体内に湧き上がり、腕で上体を支えていることがつらくなる。肘ががくりと折れ、腰が高く持ち上がった。腹の奥が熱くなってくる。

「も、もう、すべて出ただろう…っ、指を、抜け……っ」

「まだ本日の教育が終わっていませんので」

するとと、周りにいた男たちがいっせいに璉歌の肢体に指を這わせてきた。背中や脇腹、乳首、内股などに、執拗で卑猥な指が襲いかかる。

「んあっ、あっ、ああっ」

「気持ちがいいでしょう」

「や、く、くすぐった…、ふあっ、あぁっ！」

背中や脇腹、腋《わき》の下にまで及んでくる指が耐えられなくて、璉歌は首を振って訴えた。だが男たちの指がやむことはない。両の乳首をころころと転がされて、震えが止まらなくなった。

「っ、あっ、あっ……！」

「気持ちがいい時は気持ちがいいと言うのですよ。そのほうがお客様が喜びます」

脚の間で勃《た》ち上がっているものにも指が絡みついた。上下に扱き立てられ、くちゅくちゅと音が響く。

「んぁあ――〜〜っ」

強い刺激を与えられて、思わず喉が反った。長い髪がさあっと舞い散る。後ろと前を同時に責められるのは我慢ができなかった。

「さあ、璉歌様」

「なんと言うのでしたっけ？」

昨日の今日で、さらに快楽に堪えきれなくなっている。理性や自制がもの凄い速度で蕩けて、頭の中が白く濁った。

悔しい。けれど、でも――。

「……っき、きもち、いい……っ」

食いしめた奥歯を解《ほど》くと、そんな言葉がまろび出る。一度口にしてしまうと、もう駄目だった。

「あっ、いいっ、いい……っ」

身体中の感じる場所を弄られ続け、璉歌は白い身体を紅潮させる。あやしくうねる腰が誘っているようで、百戦錬磨の男たちが思わず唾を飲んだ。

「んっうっ、ううぅんっ……！」

もっとして欲しいと言うように、腰を淫らに突き出す。感じる粘膜を擦られ続け、とうとう快感が爆ぜた。

「あぁっ…、ア、あぁぁぁああっ」

艶の乗った背中が思い切り仰け反る。男に握られた肉茎から、白蜜が思い切り弾けた。

腰が抜けそうなのに脚の付け根をくすぐられ、璉歌はひぃぃ、と声を漏らして頽《くずお》れる。

「────大変よくできました」

「優秀優秀」

床に伏せた身体を男たちに仰向けにされた。すぐに両の手足を押さえつけられて、泡まみれの手が身体を這う。

「あ…っ！　は、うっ」

「では、お身体を洗って差し上げましょう」

いくつもの手が、璉歌に容赦なく快楽を与えようと動く。石鹸《せっけん》のぬるぬるとした感触にびくびくと身体が跳ねた。達したばかりの肉茎にもまた指が絡みつき、じゅぷじゅぷと擦られる。

「あ…っ、あっあっ、だめだ、だめ……っ」

こんなのは、またすぐにイッてしまう。

男たちの愛撫は巧みで、容易《たやす》く快感を引き出されてしまう。璉歌は背中を浮かせ、かぶりを振って嫌々と訴える。だが男たちが許してくれるはずもなかった。

「そら、ここ、洗っているのにぬるぬるしたものが止まりませんよ」

先端を擦られ、小さな蜜口を撫で回される。

「ひぃ、あぁ…ああっ！」

愛液が溢れ出るその場所をいやらしく弄くられて、またイきそうになってしまう。乳首も撫でられ続けて、璉歌はとうとう屈服した。

「ああっ、もうっ、許して……くれっ…、指、止めて……っ」

「駄目です、許して差し上げるわけにはいかないのですよ」

「――――~~っ！」

身体中から卑猥な音をさせながら、璉歌は絶頂を極めさせられる。

「ああ…っ、ああっ！」

それでもまだ止まらない指嬲りに、啼泣《ていきゅう》し、璉歌は何度目かの矜持をへし折られるのだった。


ようやく湯殿から出された時は度重なる絶頂にぐったりとしていた。男たちは璉歌を清潔なシーツに横たえ、真新しいローブに着替えさせると、卓の上に冷えた飲み物を置いて部屋を出ていった。それを見て、璉歌は自分が喉が渇いていることに気づく。あれだけ喘がせられたのだから当然だと思った。

重さのあるゴブレットを手に取り、中身を口にする。蜂蜜の入った果汁の味がした。飲んだことのない味だが、甘さが気に入って一気に飲み干す。

(毎日こんなことが続くのだろうか)

あまりに衝撃的なことが続いて、はっきり言って受け止めかねている。だが自分はもう泣いても喚《わめ》いてもここで生きていくしかないのだ。それなら、腹をくくるしかない。

(あの男の言うように――愉しめれば、ということか)

自分には才能があるらしい。それがどういうことかはわからないが、ないと言われるよりもましかもしれないと思った。

飲み物の甘さと冷たさで人心地つくと、少し頭が回ってきた。

するとまた扉が開いて、思わず振り返る。

「うちの男衆にこってり可愛がられたらしいな」

ウルナスが立っていた。手に大きな銀のトレイを持っている。

「食事を持ってきた」

「……お前が自ら?」

彼はこのメトシェラの総督であり、『月牢』の支配人だ。娼妓の食事くらい、誰か他の者に持ってこさせればいいだろうに。

「君は特別だからな」

ウルナスは部屋のテーブルにトレイを置く。いくつもの皿が並べられ、その上には上品に料理が盛りつけられていた。よく見ると、食器自体もかなり質がいい。

「君を他の娼妓と同列に扱うなど、あってはならないことだ。――さあ、食事を取るといい。でないと体力が持たないぞ。食事が済んだら、着替えをしよう。ここにふさわしい装いをしなければならない」

彼の言うことはもっともだったので、璉歌はおとなしく席について食事をした。料理はどれも手が込んでいて、璉歌が宮城で食べていたものと味付けも遜色《そんしょく》なかった。

食後の水菓子を食べ終わるまで、ウルナスはその様子をにこやかに眺めていた。

「私の食事風景など、見ていて楽しいものなのか」

「それは楽しい。昔からそうだった」

あの留学時代のことを言っているのだと気づき、璉歌は微かに視線を落とす。もうあの頃には戻れないのだ。

「では、着替えをしよう」

ウルナスは部屋のチェストに入っていた布地を広げてみせる。控えめに光沢が入っている美しい生地だった。

「……これは」

だが、着てみてわかった。これは明らかに娼妓の衣装だ。衣服は三枚から成っていて、一番下に着る、璉歌の国でいう襦袢《じゅばん》のようなものと、その上に重ねるもの。それが、少し歩くだけで太腿がのぞくようになっている。その上から帯を締め、前に垂らす。これは客がすぐに引っ張れるようにとのことらしい。最後に、透ける素材の上着を身につけた。

「――――美しい」

座るウルナスの前に立つ璉歌を、彼はまぶしいものでも見るように目を眇《すが》めた。

「きっと多くの男たちが君に夢中になる。断言する」

「――――お前は？」

どうしてそんなことを聞いたのか。けれど璉歌は知りたかった。

ウルナスは少し驚いたような顔をすると、口元に笑みを浮かべながら答えた。

「俺は、君が何を着ていようが君に夢中だ」

腕を引かれ、身体が前かがみになる。唇を重ねられ、璉歌はそっと目を閉じた。

その後半月ほど、璉歌の教育は続いた。その内容は『月牢』における作法とシステム、そして肉体に快楽を植えつけることだった。

この『月牢』に在籍する娼妓は男女合わせて百人ほど。運営に関わる者を合わせれば三百人近くにもなる。

娼妓たちは、皆選び抜かれた肉体と手管を持っていて、客筋も富豪や他国の貴族、そして王族までもがお忍びで来るという。

(――――まさに、大陸の富が集まるところか)

メトシェラは、来る客の懐具合や好みによって、様々な店が軒を連ねており、中には格安の売春宿もある。『月牢』のような階級の高い施設ばかりではない。

だが、敷居が高いからといってお高くとまっているわけではない。この楼は、客が望めば娼妓はどんなことでも行う。在籍する娼妓も細かくランク分けされており、それぞれの値段も違うと説明された。

「――――もちろん君は最初から最高位の花だ。どの客を取らせるかも俺が決める」

「そんなに依怙贔屓《えこひいき》をしてもいいのか。他の娼妓たちとておもしろくはないだろう」

璉歌が言うと、ウルナスはおかしそうに笑った。

「かつての芦原の王が、脚を開いて受け入れてくれるんだ。その前提は、他の奴らがどんなに努力しても手に入れられないものだよ」

「……そういうものか」

璉歌がそう言うと、ウルナスは優しい目でこちらを見下ろしてきた。

「だいぶ肝が据わってきたようだな」

「さすがに、あれだけの目に遭えばな」

こんな会話を、ベッドの上で交わしていた。二度ほど交わって、快楽の残り火がまだ体内に灯っているのを自覚する。

「この城に璉歌殿がいると、君を自分のものにできたのではないかという気になれるよ」

「私はもう、お前のものではないのか?」

ここは彼の国といってもいいだろう。周りを取り囲む高い壁の中に引き入れられ、璉歌の命は彼の手の中にあるといってもいい。それなのに、どうしてそんなことを言うのか。

「君を手に入れられるのは、こうしてベッドの中にいる時だけだな」

再び組み敷かれて、柔らかく蕩けた秘部に硬度を取り戻した男根が押し当てられる。また挿れられる、と身構えた瞬間、入り口をぬぐ、とこじ開けられた。

「んん、くうう……っ」

肉環を広げられる時の感覚はどうしても慣れない。気持ちいいのだが泣きたくなってしまって苦手だ。けれど、男根の一番太い部分が入ってしまうと、肉洞が勝手に収縮して奥へ奥へと誘い込むようになる。

「ああ、ああ……っ」

「そろそろ、客の相手をしてもらう時期かな」

ついに来た。璉歌は喘ぎながらもその言葉を受け止める。

「君の初めてにふさわしい客を選んであげよう」

「ん、ん……っ、あっ、あっ」

いったいどんな男に抱かれるのか。気にならないわけではなかったが、ウルナスに与えられる快感に、うまく思考が働いてくれない。この頃は快楽を与えられるとすぐにこんなふうになってしまう。これが娼妓として育ってきたということか。

この男は、どんなつもりで自分を抱いているのだろう。

「あうぅっ…、ぁ、く、あ、い、いくっ…！」

ウルナスの男根で中を突かれると、すぐにイってしまう。

広い背中に縋りつきながら、璉歌は腰を痙攣させ、何度目かの絶頂に達した。

芦原から来た王が、今夜初めて客を取る。そのせいか、璉歌の周りは昼間から慌ただしかった。部屋の中には花が飾られ、美しい色のランプが置かれる。日が落ちるといつもよりも豪華な羽織を着させられ、目尻に朱が入れられた。

「大丈夫だ。俺の古くからの友人だ。優しくしてくれるだろう。多分な」

客が来る前にウルナスが訪れ、頰を撫でて部屋を出ていく。もはや璉歌は、覚悟を決めていた。どんな男が来ても怯むまいと。

そして部屋の入り口に火が灯され、男衆に案内されてその男がやってきた。

「よう。――――初めましてだな」

「――――」

初めて見た顔だが、璉歌は一瞬にしてそれが誰なのか悟ってしまった。

かつて留学をしていたグラファー国の王族だ。今の王の弟に当たる。

「俺はキルシュ。ウルナスとは悪友だ。あんたの初めての客になってくれと奴に頼まれた」

この男がキルシュか。

キルシュは、ウルナスよりも少し背が高いくらいだろうか。武人らしく、腰に太い剣を佩《は》いている。くすんだ金色の髪を無造作に切り、左目には眼帯をしていた。

『これから大陸中の貴族や王族が君を買いにくるだろう』

ウルナスに言われた言葉を思い出す。今夜はその予行演習のつもりなのだろうか。

「あんたが芦原の璉歌か」

顎を取られ、ぐい、と上を向かせられる。青い瞳がおもしろそうに見下ろしてきた。

「聞きしに勝る美しさだな。あんたがグラファーに来ていた時、会っておくんだった」

「……昔の話は、やめてください」

もう帰ることのできない芦原のことを思い出すのは、少しつらい。

「それに私は、もう芦原の王族などではない。ここで身を売るただの娼妓です」

「……そうか、悪かった」

キルシュは璉歌から手を離すと、自分の剣を抜き、椅子の上に置いた。それからマントを外して剣の隣に放り投げる。

「――じゃあ、練習の成果を見せてもらおうか。その綺麗な衣装を脱いで、隠しているところを見せてくれ」

「……っ」

いきなり恥ずかしい要求が来て、思わず顔を赤らめた。

（――――怖《お》じ気《け》づくな）

できる。こんなことはどうということはない。

漣歌は肩から羽織を滑り落とした。前で結んでいる帯を解くと、身体の前で合わされた衣服がしどけなく開く。その下には、匂い立つような白い肌があった。

「ベッドに横になって、自分で脚を開くんだ」

恥ずかしくて、頭の中がぼうっとなる。言われた通りに背後のベッドに乗り上げ、両脚をゆっくりと左右に滑らせた。下帯をつけていない場所がキルシュの前に露わになる。視線を感じ、漣歌はふるふると太腿を震わせた。


「……あ、ふぅ…んっ……」

「もっとよく指で開け。それじゃ奥まで見えねえ」

容赦のない指示に、漣歌は双丘の奥を広げている指に力を込めた。くぱ、と開いたそこに息づいているのは、ひくひくと収縮する後孔だった。漣歌は今、ベッドに横たわり、両膝を曲げた状態で脚を大きく開いている。その状態でさらに恥ずかしい部分をキルシュに晒しているという、ひどい格好をしていた。

「可愛いのに、エッロい孔だなあ」

「あっ、んんっ！」

指先でひくつく窄《すぼ》みを撫で上げられ、思わず声が漏れる。ほんの小さな刺激なのに、内側がじいん、と痺れた。

「誰が破瓜してくれたんだ。ウルナスか？」

「っ、は……いっ……」

「あいつも私情入れまくりだなあ。……いや、それしかないか」

キルシュの指先が双果を辿《たど》り、はしたなく勃起している屹立《きつりつ》をそうっとなぞり上げる。

それだけでもう、たまらなかった。

「ああっ、んっ……！」

「感度も凄いな。どんな教育を受けたんだ？」

「言わないと、だめ、ですか……？」

「言わないと駄目だな」

キルシュは笑いながら丁寧に言い直してくる。ああ、どうしよう。そんな恥ずかしいこと言えそうにない。だが、ああ……。

「こ、こに、指を入れられたり、舐められたり……なにか、道具みたいなものでも……ウルナスにも、何度も挿れられて……」

そう、教育係の男たちは、自身のものは璉歌に挿れなかった。淫具は使われたけれども、その他はただひたすら指や舌で璉歌を責め立てていた。

「こっちは？」

先端から透明な愛液を滴らせる屹立をそっとくすぐられる。

「ふぁあっ、…っ、こ、こも、たくさん舐められたり、扱かれたりっ……」

「その時、気持ちよかったか？」

「〜〜っ」

璉歌は顔を真っ赤にしながらこくこくと頷いた。だがキルシュは容赦しない。濡れた先端に少しだけ爪を立てられた。

「あぁぁあっ」

「ちゃんと言葉にして言わないと駄目だぞ？」

「っ、き、もちよかった…っ、何度も、イってて っ……」

痛みにも似た快感を与えられ、とうとう耐えられなくなった璉歌の目から涙がぼろぼろと零れる。悔しい。けれど、そこには甘さと、燃えるような興奮があった。

「そうかそうか。気持ちよかったんだなあ」

ギシ、とベッドが軋んで、キルシュが近づいてきた。そのまま璉歌の股間に顔を埋め、その肉茎を口に含む。

「んんんんっ」

強烈な刺激が腰を貫いた。びくん、と上体が跳ね、喉が反る。

「あ、あはぁああ……っ」

「俺も気持ちよくしてやるよ。舐められるの好きなんだろう？」

肉厚の濡れた舌が肉茎にねっとりと絡みつく。そのままじゅうじゅうと吸われると、気が遠くなりそうだった。

「っ、あっ、あ…んんっ」

自分の口から次々と漏れる甘い声。ウルナスや彼に指示を受けたのであろう男衆たちが、璉歌を我慢のできない身体に仕込んだ。だから璉歌はこういう時の耐える術を知らない。

「く、ひ…っ、ぃい、い、イくっ……！」

裏筋を舌で擦られ、あっという間に璉歌は果てた。腰がぐううっと反り返り、喉から悲鳴じみた声が上がる。

「あぁあ、あぁ――〜っ」

キルシュの口の中に白蜜が放たれた。イきながら吸い上げられて、わけがわからなくなる。

「あ、ア――…、ああ…っ」

「ふ…、よかったか」

漣歌は荒く息をついていた。身体中がじんじんと脈打つ。キルシュは漣歌の股間から顔を上げると、ベッドサイドの物入れから何かを取り出した。縄だ。それを見た時ぎくりとする。そこにそんなものが入っていたなんて、知らなかった。

「縛るぞ」

「――～～っ」

漣歌はまだ縛られたことがなかった。だが、客に逆らうことは許されない。漣歌は両手首を縄で縛られた。キルシュはその先をベッドの天蓋に渡された鉄の棒にくくりつける。そこはそうして使うのだということも、今初めて知った。

「あ……っ」

キルシュが縄を引くと、漣歌の両腕が上がる。彼は縄の長さを調整すると、服を脱ぎ捨てた。武人らしく鍛え上げられた身体は、ウルナスよりも厚みがある。戦いで負ったものなのか、小さく残っている傷跡がいくつもあった。現れた男根もまるで凶器のようだ。

「そら、挿れるぞ」

「え……っ」

身体の下に腰を差し込まれ、漣歌はキルシュの上に跨《また》がる体勢になってしまった。腰をぐい、と持ち上げられ、後孔の入り口にそれが宛てがわれる。

「ま、て…っ、んあっ、あっ！」

容赦なく腰が引かれ、その怒張がずぶずぶと押し這入ってくる。中を広げられ進んでくるそれに、内壁がごりごりと擦られた。

「あ、あ、あ――～～っ」

全身がカアッと燃えるようだった。腹の中をもの凄い快感が突き上げてゆく。璉歌は腕を拘束されたまま、背中を大きく仰け反らせた。

「……っ、すごいな。中がめいっぱいうねっている」

わざとやっているわけではない。大きなものを呑み込まされ、奥を嬲るようにゆっくりと突かれると、内壁が引き絞るように動いてしまう。

「ああっ…あうぅう……っ」

腹の中がじゅわじゅわと甘く痺れた。ほんの少し動かされるだけでも我慢ができないのに、キルシュは璉歌の腰を揺すったり、あるいは下から小刻みに突き上げたりと異なる刺激を与えてくる。

「どうだ、俺のモノは？」

「あ、あぁ…は、……きもち、いぃ…っ」

「どんなふうにイイんだ」

「んううっ」

ぐちゅぐちゅと耳を覆いたくなるような音を立てるほどに揺さぶられ、中で感じる快感

に頭が真っ白になる。そして連日のように加えられた調教は、璉歌から理性を奪い、淫乱さを深めていった。

「お、おおきくてっ…、ごりごり、されるのが……っ」

「こうか?」

キルシュの両手に腰骨を摑まれ、内奥をねっとりと捏ね回される。

「あああ、んうぅう――っ、そっ、そこはっ、あっ!」

駄目になる場所を狙われて、腰が痙攣した。こんなのは、すぐにイってしまう。

「はあぁっ…、んあぁ――~~っ! ~~っ!」

璉歌の脚の間で反り返っているものが白蜜を弾けさせた。肉茎を震わせながら、びゅくびゅくと果てる姿は、以前まで一国の王として玉座に君臨していた者とは思えないほどに淫蕩だった。

「後ろでも上手にイけるじゃないか。いい子だな…。だが、勝手に達したのは悪い子だ」

「あっ、はっ……!」

キルシュの大きな手が腰骨から脇腹のほうへと這い上がってくる。中に咥え込んだままで上半身を撫で回されて、達したばかりの身体がびくびくと震えた。

「はぁあっ……ああ……っ」

敏感な肢体に悪戯されて、奥に入ったままのキルシュをきゅうきゅうと締めつける。

POSTCARD

STAMP HERE

1018405

東京都千代田区
神田三崎町2-18-11

二見書房
シャレード文庫愛読者 係

通販ご希望の方は、書籍リストをお送りしますのでお手数をおかけしてしまい恐縮ではございますが、**03-3515-2311までお電話くださいませ。**

<ご住所>

<お名前> 様

*誤送を防止するためアパート・マンション名は詳しくご記入ください。
*これより下は発送の際には使用しません。

TEL	職業/学年
年齢　　代	お買い上げ書店

Charade愛読者アンケート

この本を何でお知りになりましたか？

1. 店頭　2. WEB（　　　　　）　3. その他（　　　　　　　　　）

この本をお買い上げになった理由を教えてください（複数回答可）。

1. 作家が好きだから（小説家・イラストレーター・漫画家）

2. カバーが気に入ったから　3. 内容紹介を見て

4. その他（　　　　　　　　　　　　　　　　　）

読みたいジャンルやカップリングはありますか？

最近読んで面白かったBL作品と作家名、その理由を教えてください（他社作品可）。

お読みいただいたご感想、またはご意見、ご要望をお聞かせください。

作品タイトル：

ご協力ありがとうございました。

お送りいただいたご感想がメルマガに掲載となった場合、オリジナルグッズをプレゼントいたします。

「あ、あ――〜〜っ」

腋の下から脇腹にかけて、何度もくすぐるように指を這わされるのが耐えられなかった。

「お仕置きだ。たまらねえだろ」

「あ、いやだ、いや、くすぐ、るな……っ」

弱い場所を虐められる刺激に悶《もだ》えてしまう。腕を下ろしたくとも、両腕を頭の上で拘束されているのでキルシュの思うままにされるしかなかった。

「ひぁ、あっ！　あっああ――〜〜っ」

腋の下の窪《くぼ》みを指先でくるくると撫で回されて頭がおかしくなりそうだった。身を捩らせると、中にいるキルシュのもので肉洞を擦られ、また快感が込み上げてくる。まともな思考が擦り切れそうだった。

「ここを虐められんのと、乳首とどっちがいい？」

「はっ、はっ…あっ⁉」

「好きなほう選ばせてやるよ。ほら……」

「あんっんっ！」

つつうっ、爪の先で脇腹を撫で下ろされ、びくびくと身体が跳ねる。神経を弄ばれているような感覚はもう耐えられなかった。璉歌は思わず哀願するようにキルシュに訴える。

「ち、乳首…っ、乳首にして、くれっ」

「そうか。わかった」

次の瞬間、胸の上のふたつの突起をきゅううぅっと摘《つ》まれ、甘い感覚が体内を貫いた。

「んあ、あぁぁんっ」

「ここを虐めてやるから、がんばって俺をイかせてみろ」

「はっ、あっ、あく、うぅ……んんっ」

硬く尖った乳首をこりこりと転がされたかと思うと、ふいに乳暈《にゅううん》の中に押し込めるように潰《つぶ》してくる。そして爪の先でカリカリと何度もひっかかれ、璉歌の乳首はたちまち卑猥に膨れ上がった。

「あぁぁぁ…っ」

胸の先から得られる快感に、無意識に腰を揺らす。キルシュのものを咥えて締めつけ、自分のいいところをも擦り上げた。

「ふ…っ、ああ、いいぞ、イきそうだ」

璉歌の乳首を弄びながらキルシュは呟いた。彼の息も上がり、中を突き上げるものがどくどくと大きく脈打つ。

「あぁ、んんっ、いっ、い…っ、ああ、わたし、も…っ」

乳首で感じる刺激が、腹の奥と直結する。じくじくと疼いて、もっと中を擦りたくなる。

「あっ、あっ！　イく、また、イくうぅぅ……っ！」

「ぐ……っ！」

キルシュが下から強く突き上げてきた。内奥に熱いものがびゅくびゅくと放たれる。その瞬間、璉歌もまた、身体の芯が焦げつくような絶頂に達した。

「は、あぁぁあっ……！」

どうしようもなく気持ちがよくて、腹の中がびくびくと痙攣する。たった半月でこれほど淫蕩になってしまった自分の身体が信じられなかった。ウルナスは璉歌に何度も才能があると言っていたが、それはこういうことなのだろうか。

「ふう……なかなかよかったぞ」

「っ、あ」

激しい余韻による身体の震えがいっこうに止まらない。これで、自分は本当に肉体を売る娼妓になってしまったということか。

「よく仕込まれている。たいていの娼妓も抱かれれば抱かれるほど磨かれていくもんだが、璉歌殿はそういうのとはちょっと違うな。末恐ろしいくらいだ」

「……っ、終わった、なら、解いて、抜いて、くれ……」

未だに男根が中にいる。少し身じろぎをしただけで、また感じてしまいそうだった。両腕の拘束も解いてもらいたい。

「ん？　ああ、そうだな――」

「――――俺が手ずから手折った花はどうだった?」

「!」

キルシュが璉歌の腕を解放しようと手を伸ばした時、部屋の入り口のほうから声が聞こえた。

「おいおいウルナス。まだ一回戦が終わったばかりだぜ」

「そいつは失礼したな。なにせ溺愛しているもので、どうなったか気になって仕方がないんだ」

部屋に入ってきたのはウルナスで、彼は璉歌とキルシュがいるベッドのほうへと平然と歩いてくる。

「――――見るな」

キルシュはまったく動じた様子もないようだが、璉歌はひどく狼狽《うろた》えた。ウルナスには恥ずかしい姿を山ほど見られているというのに、彼以外の男に抱かれ、あまつさえまだ繋がっているところなど見られたくはない。

「璉歌殿はいい子だったぞ、ウルナス。ちゃんと自分の口でおねだりもできた」

「……っ」

行為の最中のことを報告され、羞恥に身を灼かれた。

「そうか。よくできたな、璉歌殿」

ウルナスがベッドの上に乗ってくる。大きなベッドが、ぎしりと音を立てて、璉歌ははっとして顔を上げた。

「ご褒美をやろうぜ、ウルナス」

「そいつはいい提案だ」

背後から近づいてくるウルナスが、くすりと笑いを漏らす。

「いったん抜くぞ」

「んっ…うっ……」

内腿を摑まれ、持ち上げられた。すると璉歌の中からキルシュの男根がずるりと引き出される。完全に抜けてしまうと、キルシュが中で放ったものが太腿を伝い落ちていった。

「傷はつけてないはずだ。確認してみろ」

「や……っ」

キルシュの手が双丘を摑み、璉歌の後ろにいるウルナスに向かって広げられる。璉歌は犯されたばかりのそこを、ウルナスの目の前に晒してしまうことになった。

見ないで欲しい。そんなところを。

さんざん犯された璉歌の後孔は、まだひくひくとわななき、ふっくらと充血している。そして男の白濁で濡れているそこは、まさに凄艶《せいえん》といった具合だった。

「……確かに、問題はないようだな。むしろひどく悦んだようだ」

ウルナスの声の中に、ちり、と焦げつくような何かを感じて、璉歌はふと目を開ける。だがその正体もわからないまま、ウルナスが自分のものを取り出す気配を感じて驚いた。

「な、何を……！」

「君がきちんとお客様の相手をできたようなので、ご褒美をあげるんだよ」

ヒクつく後孔に、後ろからウルナスのものが宛てがわれる。まさか、と思った途端、それが無遠慮に這入ってきた。

「ああ、あううっ」

すでに解れ、白濁で濡れている肉洞は、ウルナスのものを素直に咥え込んでいく。達したばかりのそこを擦られて、内壁がびくびくとわなないた。身体の中心を快感が貫く。

「…っ、あ――〜〜っ！」

「すっかり気持ちよさを覚えたね……いい子だ」

「ひぁっ、あっ、はぁうっ」

そのままずん、ずんと突き上げられると、脳天まで刺激が貫くようだった。奥をかき回されるように責められると、股間のものが勃起し、先端を愛液で濡らす。

「こっちも構ってやろうな」

様子を眺めていたキルシュが、その股間で揺れているものをそっと握ると、あろうことか口に咥えてきた。じゅるっ、と吸われて頭の中が真っ白になる。

「あっ、はあぁっ、うあぁ…っ、だ、だめ、それ、だめぇぇ……っ」

後ろを犯されながら前を吸われるという淫らすぎる責めに哀願のような響きの声を漏らした。快楽が強すぎてどうしていいのかわからない。長い黒髪を振り乱し、口の端から唾液を滴らせて喘いだ。

「これから君が相手をする客は、今みたいに一人じゃないこともあるかもしれない。そんな時はこうして、身体中を気持ちよくされるんだよ」

「あ、ぁ…っ、そん、な…っ」

とんでもないことを言われているのに、身体の中が熱く煮え立ってしまう。両腕を拘束されたまま、二人の男に挟まれるようにして責め立てられて、漣歌の喘ぎが次第に切迫してくる。前を吸われる快感に堪えきれずに腰が揺れると、抽送されている内壁が刺激されて気が遠くなる。

「んぁっ、ひっ、あっ、あっあっああぁぁあっ」

がくん、と背中が反り返り、はしたない声と共に身体ががくがくと揺れた。達したのだ。

「いいねえ。最高に興奮する」

キルシュが漣歌の白蜜をまた飲み下しながら、更に舌を這わせてくる。達したばかりなのにまた嬲られて、またイきそうになった。

「あ――〜〜っ、い、イった…のに…っ、ふあっ、あぁああっ」

後ろも浅く深く突き上げられ、肉洞が蕩けそうだった。容赦なく穿ってくるウルナスをきゅうきゅうと締めつけると、彼の形がはっきりとわかる。璉歌は今や、全身を燃え上がらせて何度も絶頂に達していた。

「ぅあっ、あっ！　と、とまら、な……っ、い、イく、イく、また、イく…う…っ！」

「好きなだけイくといい、君は最高だ、璉歌――――」

背後からウルナスの熱い囁きが聞こえてくる。その瞬間、内奥にいる彼を絞り上げるように締めつけてしまった。ウルナスの低い呻《うめ》きが聞こえて、どちゅん！　と強く突き上げられた後、腹の中にぶちまけられる。

「ア、あ――――あ、熱っ――――！」

その感覚にすら軽く達してしまって、璉歌はもう自分の身体がどうなっているのかよくわからなかった。肉茎もじゅるじゅると舐められてしまって、そちらでもイってしまう。

「ひう、う、うっ」

「――――どうだ。気持ちいいか」

キルシュが舌なめずりをしながら問いかけてきた。頭が沸騰するようで、ぼうっとしてしまって、何も考えられない。

「ぁ……きもちいい……っ」

忘我の表情で璉歌は答えた。もっとして欲しいと腰が動く。すると今度はキルシュに前から両脚を持ち上げられた。ウルナスのものが抜かれたばかりの場所に、キルシュの男根が再び押し当てられる。

「いやらしい顔だ。そんなに気持ちいいなら、もっとしてやろうな」

「っ、あっ、あああっ」

肉環をこじ開けられ、ずぶずぶと挿入されると、全身がぞくぞくとわななないた。

「……っあ、あ――～～っ」

奥まで挿入された衝撃でまたイってしまう。こんなに連続で達していたら、絶対におかしくなってしまう。そう思った。けれど、今やめて欲しくない――。

「んぅ、あぁあ……っ、そ、そこ…っ」

背後から回されたウルナスの手が胸元を這い、乳首を探り当て摘まみ上げてくる。胸の突起がどうしようもなく感じて、硬く尖っていた。それをこりこりと弄られて、背中が何度も反り返る。

「――君は王だよ。ここで淫蕩に君臨する王だ」

ウルナスの低い囁きが耳に注がれた。それが何を意味するのか、今の璉歌には理解できない。

「ふあっ……はぁあっ……」

胸の硬い粒を押し潰すようにされる度、下腹が痙攣して内部のキルシュを強く締めつけた。

　漣歌は快楽を受け入れ、貪《むさぼ》り、今や淫らな獣も同然だった。我慢できずに、自分から腰を揺らして刺激を追ってしまう。

「そうだ。自分から快楽を愉しむんだ」

「あ、あぅ……あ、あんんんっ……」

　キルシュに貫かれながら喉元を舐め上げられ、漣歌は恍惚《こうこつ》に喘いだ。


「よかったぜ」

　気の済むまで嬲られた後でようやっと許された漣歌は、シーツの上にぐったりと横たわっていた。身体中がじんじんと疼いて、起き上がるのも億劫《おっくう》だ。

　何度達したのかわからない。

　漣歌は誰に触れられても、充分以上に快楽を得てしまう自分の身体に呆《あき》れ、疎ましく思った。

　ウルナスはこれを見越して、漣歌に才能があるなどと言ったのか。だとすれば彼の見立ては当たっているのかもしれないと、自嘲めいた思いさえ湧いてくる。

「本気で感じてくれる娼妓はそうはいない。身体がどれだけ好きモノなのかっていうのも素質のひとつだからな。その点、あんたはすごいよ」

淫乱だと直裁《ちょくせつ》に告げられて、羞恥と屈辱で顔が熱くなる。力の入らない身体を苦労して起こし、璉歌はキルシュに問うた。

「聞きたいことがある」

「うん？」

「ここの総督にウルナスを推したのは、あなただと聞いた」

「よく知ってるな。……ああ、そうだよ」

彼は着衣を続けながら答えた。

「推薦人が必要だったからな。ウルナスに頼まれたから推してやった。いつか極上の娼妓を手に入れた時に、一番最初の客にならせてやるという条件つきだった。――今、その約束を果たしてもらったよ」

満足そうに笑うキルシュに構わず、璉歌は続ける。

「彼が適任だと思ったのか。このメトシェラに」

「奴ほど適任な男はいないだろう」

最後にマントを羽織りながら、キルシュはあっさりと言った。

「俺はこのメトシェラの割と古い客だ。ここがどういうところなのかよく知っているつもりだよ。ここはな、客にとっては天国、でも身体を売る者にとっては地獄より少しだけマシなところだ」

そんな場所を統括するのには、愛情と残忍さのバランスが大事なのだ、とキルシュが言う。

「この『月牢』では、娼妓は大事にされる。だが言うことを聞かなければ容赦ない罰が下される。その両方ができなければならない。あいつにはそれができる」

「両方が……」

「今にわかると思うよ」

キルシュは最後に璉歌の頭を撫で、部屋を出ていった。

そして璉歌は彼の言葉を、そう日が経たないうちに理解することになる。


部屋の外から悲鳴が聞こえたような気がして、璉歌は窓から顔をのぞかせた。

「いやだ、いや……！　許してください！」

「脱走は厳罰に処すということは知っていただろう。仕置きだけで済むことをありがたく思え」

外に人だかりができていて、その中心にいる『月牢』の男衆と、綺麗な亜麻色の髪をした青年の姿が目に入った。青年のほうはおそらくここの娼妓だろう。男衆に押さえつけられて暴れていた。だが屈強な男衆に力で敵うはずもなく、為す術もなく広場のような場所に引っ立てられていく。

広間には、奇妙な形の道具が用意されていた。青年はそれを目にするとひっ、と喉を鳴らし、嫌々と首を振る。

（……まさか……あれに）

璉歌の予想は当たっていた。器具の前のほうに、分厚い板のようなものが取りつけられ、そこには穴が三つ開いていた。真ん中の穴が大きく、両脇の穴が小さい。

青年の首が真ん中の穴に通され、両手首が左右の穴に嵌《は》められ、板が固定される。そうされると、まるで板から青年の頭と両手首が生えたような形になってしまった。

「ああ――――っ、いやだあぁっ……！」

胴体の部分は丸太のようなものに乗せられ、青年は下半身を突き出すような体勢になってしまった。

「これから明日の朝まで、お前の身体はここに来るお客に無料で提供される」

「ひいっ……！」

そして残酷なことに、青年の股間のものの根元には拘束具がつけられた。あれでは射精ができないだろう。

「情けとして、香油をたっぷりと入れてやる。媚薬入りだ。これで痛い目に遭わなくて済むぞ。よかったな」

「うあ、あああっ」

細い瓶が直接青年の後孔に挿入され、中身を注がれる。たっぷりと腹の中に香油を含まされ、青年の甘い苦悶の呻きが響いた。すっかり準備ができてしまうと、男は青年の尻をぴしゃり、と叩く。

「さあお客様、今なら『月牢』の娼妓の尻が無料で使えますよ。明日の朝までです！　この機会にどうぞお試しください！」

その呼びかけに、周りで様子を窺《うかが》っていた客たちがわっ、と青年に群がっていった。最初の男が強引に青年の孔に捻《ね》じ込むと、高い悲鳴が響く。

「んああ――――ああ――――！」

その声は苦痛のものではない。だがあんなふうに吐精を封じられ、何人も何人も受け入れさせられるのは、たとえそれが快感であってもつらいものだろう。

――――ひどい。

漣歌はその様子を目にしながら、無意識にカーテンを握りしめていた。

「――――あの娼妓は、昨夜脱走を企《くわだ》ててね。見せしめとしてああして罰を受けさせているんだ」

「――――ひっ」

外の凄艶な光景に目を奪われていて、背後の気配にまったく気がつかなかった。いつの間にかウルナスが後ろに立っていて、漣歌の耳元に口を寄せている。

「ああしておくとしばらく脱走騒ぎが起きない。お客様にもサプライズのサービスとして喜んでいただける」

「何を……、あんなものは、あまりにも残酷すぎる！」

「どこが残酷かな？　ちゃんと香油を入れているから苦痛は感じていないし、身体も傷つけていない。他の場所では、脱走の罰として爪の間に針を刺すということもしている。手足を切り落とすわけにはいかないからね」

恐ろしいことをさらっと口に出すウルナスに、漣歌は背筋が寒くなるのを感じた。

ここは客にとっては天国だが、身を売るものにとっては地獄よりも少しマシな場所。

「君は、逃げ出したりしないだろう？」

先日のキルシュの言葉を思い出し、漣歌は肩を震わせる。

「……し、ない」

漣歌は取引によってここに来たのだ。自分が逃げれば、芦原がどうなるかわからない。

だから漣歌には逃亡という選択肢はない。

「それならよかった。俺もできれば君にあんなことはしたくない」

ほら、とウルナスが顎で外を指し示す。

青年は泣きながら嬌声を上げていた。挿入には快楽を得ているのに、肉茎を拘束されているせいで射精できない苦悶に責め立てられている。

「ひ…っ、ひぃ――――っ、い、いかせて、あぁっ、いかせてぇ――――……っ」

部屋の外で仕置きを受けて泣いている青年の声が漣歌を怯《おび》えさせる。自分は特別扱いをされているようでも、一歩間違えればあの青年と変わらないのだ。

(ここはやはり、地獄と変わりない)

夢のように華やかな地獄。

自分が来たのはそんなところなのだと、漣歌は思い知らされた気分だった。

芦原の王、璉歌が、メトシェラの『月牢』で客を取り始めた。

その話は大陸中に広まり、多くの資産家や王族が璉歌を買いに『月牢』を訪れた。いったいどれくらいの客からの申し込みがあったのかは璉歌にはわからないが、それらはすべてウルナスが管理し捌《さば》いているらしい。

「今夜の客はファブリーンの豪族だ」

部屋に来てそう告げていくウルナスに、璉歌は小さく頷く。客を取り始めて一ヶ月ほどが経っていた。今や、知らない男に抱かれるのにも慣れ始めている。人はこうやって堕ちていくのだろうか。

「私の評判はどうなんだ?」

璉歌は娼妓としての奉仕の手管を教えられていない。最初から徹底して快楽を受け入れることだけを躾《しつ》けられていた。そのおかげで行為の最中は苦痛を覚えることもなく、ただ快楽のみに溺れているが、わざわざ金を払って奉仕に来ることもないのでは、と不思議に思う。

「上々だよ。極上と言ってもいい」

ウルナスは満足そうに言った。

「――――何もしていないのに？」

「それはね、璉歌」

彼はいつの間にか璉歌を呼び捨てで呼ぶようになった。ベッドに座る璉歌に、ゆっくりと近づいてくる。

「君は何もする必要がないからだよ。芦原の王であった君が、こんな場所で身体を売っている。それだけで男は興奮するんだ」

ウルナスは身をかがめ、璉歌に口づけた。

「君の一晩の値段がどれくらいか知っているかい？　まず、貴族であっても弱小なら、一晩で身代《しんだい》が傾く」

「私にそんな価値があるわけがない」

「あるんだよ」

ウルナスはきっぱりと告げる。

「君はこのメトシェラにとっても、俺にとっても大事な子だ。安売りは絶対にしない」

「……ウルナスが私を抱くのは、教育か？　それとも商品の私物化か？　後者であれば感心はしないな」

ウルナスは今でも、客が帰った後には自ら璉歌の身体を清め、動けない時には介抱もしてくれる。そして抱く。時には愛の言葉さえ添えて。

それは璉歌にとって、切ないことだった。客にめちゃくちゃに乱された身体を、できればこの男に見られたくはない。

「君はただの商品ではないよ。俺の美しい花だ。男の欲望にまみれ、君自身も快楽に溺れる淫らな俺の花。気づいているんだろう？　君はこういうことが好きなんだ」

「――――」

ウルナスに指摘され、璉歌は唇を噛んだ。顔が熱くなっていくのが自分でもわかる。彼の言うことは――おそらく当たっているからだ。

ここに来るまで房事に疎かった璉歌ではあったが、さすがにこれだけの目に遭えば嫌でも思い知らされる。本当は今でも認めたくはない。こんなことはなんでもないと拒絶してしまいたかった。けれど、男に犯される度に、身体の芯が熱く蕩ける。腹の奥が甘く疼く。そしてぎりぎりまで高ぶってしまうと、自ら卑猥な言葉でねだってしまう。

璉歌はそんな自分を嫌悪した。けれど、自分には選択の余地はない。それを受け入れるしかないのだ。

「君は玉座ですましているよりも、男に奉仕されて喘いでいるほうが似合う」

「戯言《ざれごと》を――――」

そしてやはり、この男が何を考えているのかはわからなかった。璉歌に懸想しているようなことを言うくせに、そんな自分をどうして他の男に抱かせるのだろう。

「では、また後で。――――美しい俺の花」

指先で黒髪をさらりと撫でて、ウルナスは出ていった。

撫でられた髪が、まるで神経を持っているように熱を帯びていた。


「おお――――これは、なんと素晴らしい……」

部屋に迎え入れた男は、璉歌を前にすると感嘆したような言葉を漏らす。これまで何人かの客を取らされたが、皆一様に璉歌を見ると感動したような反応をするのだ。

最初のうちはよくわからなかったが、最近になってわかってきた。これは、かつて芦原の王だった璉歌が、しどけない衣装を纏って、男の欲望のために供されているというのを間近に見た反応なのだ。

下劣な性根だとは思う。だが、その下劣な輩に抱かれて喘いでる璉歌自身もまた同じなのだ。

ファブリーンから来た豪商の男は、璉歌をベッドに横たえると落ち着かない素振りで言う。

「ほ、本当に何をしてもいいのかね」

「身体に傷をつけない限りは」

尻を叩くなどのことはしてもいいが、痣《あざ》になるほどまではしてはいけない。もしもルールを破れば、たとえそれが一国の王族であろうとも二度とこの『月牢』には入れない。

「もちろんだ。そんなことはしないよ」

男は頷くと、ベッドサイドの物入れから縄を取り出す。また縛られる。この部屋に入る客たちは、どういうわけか璉歌を縛りたがった。ちなみに縄の痕《あと》だけは許される。

「……」

困ったことに、拘束されるのだと知って、身体の奥がちりちりと熱を持ちはじめた。こんなことに興奮するようになって、璉歌は口惜しさに唇を噛む。そしてその表情は男を煽《あお》ってしまったようだった。

「大丈夫だ。痛くしない」

男は璉歌の両腕を後ろ手に縛る。これで、もう抵抗はできなくなった。

「さあ、こちらにお尻を向けて――」

「あっ」

身体をひっくり返され、腰を高く上げられる。腕を縛られているので、璉歌は自分の肩のみで自重を支えるしかなくなった。

「大事なところを見せてもらうよ」

「――――っ」

薄い衣装の裾がたくし上げられ、何も身につけていない尻が露わになる。璉歌は屈辱と羞恥にふるりと身体をわななかせた。男の両手が双丘にかかり、どこか恭しい手つきで開かれる。

「ああ、いやらしい――――」

「〜〜〜〜っ」

視線がその部分を舐めるように這う。秘部では慎《つつ》ましやかな窄みがひくり、ひくりと蠢いていた。珊瑚《さんご》を思わせるその色に、男の喉がごくりと鳴る。

「まさか璉歌様のこんな場所を目にすることができるとは思わなかった。素晴らしい。卑猥で可愛らしい」

男はこれまでとは口調さえ変わっていた。貴人だった璉歌を貶めるという状況が興奮するのだろう。そういう客は多かった。だが、璉歌のほうはたまったものではない。恥ずかしい場所を視姦《しかん》するように眺められて、内腿が震えてくる。

「あ、ぁ……」

後孔の入り口が疼いていた。内側の媚肉が熱を持ち、じんじんと収縮する。

「そんなに、見ない、で……っ」

媚びるような言葉を使うのは、今でも抵抗がある。素面《しらふ》の時であれば絶対に口にしないだろう。だがこうして、あられもない姿にされてしまうと、勝手に口から出てきてしまうのだ。

「すごくひくひくしてきましたよ…。時々きゅううってしますね。お尻が切ないのかな」

「はぁ、あ、あぁ…っ」

こんな状態で何もされないのはたまらなくて、璉歌は男の前で尻を揺らした。すると男は誘われたように、舌先を璉歌の後孔に伸ばしてくる。

「んんあっ!……っあぁあぁ…っ」

ぴちゅ、くちゅ、と舌先で肉環を嬲られた。くすぐったいような、痺れるような快感に襲われる。そこを犯される悦びを知ってしまった肉体には、入り口のみを舐められる感覚は我慢ができなかった。

「んっ…、んう——~~っ」

舌先で唾液を押し込まれるようにされると、肉洞がずくずくとうねった。耐えられなくて、不自由な体勢で身をくねらせる。

「駄目ですよ。じっとしていないと」

「ああうっ…!」

尻の肉をぎゅっと摑まれて固定され、肉環をじゅるじゅるとしゃぶられた。

「あぁ――～～っ」

もどかしさを伴った快感。はやく、この中をどうにかして欲しかった。だがそのためには、はしたなくねだってみせないといけないだろう。

甘い屈辱に、身体の奥が焦げそうになった。

「あ、あ、そこっ…、なか、を」

「うん？」

男は璉歌が屈するのを待っていたらしい。まるで駄目押しのように、舌をぐじゅっ、と浅いところに挿入する。

「ふぁあぁっ」

シーツについている両膝が頽れそうになった。思考が白く濁り始めると、もう理性も保たなくなる。

「な、か…っ、中に、いれて…っ、もう…っ」

脚の間のものは後ろへの刺激ですっかり勃ち上がって愛液を滴らせていた。そこも思うさま愛撫されて白蜜を吐き出したい。璉歌の欲深い身体は男から与えられる快感を求めていた。

「ああっ……！」

身体をひっくり返され、仰向けに倒される。膝の裏に手をかけられて両脚を大きく開かれた。

「もっと遊んでやるつもりだったのに我慢できん」

勃起した男のものを押し当てられ、一気に腰を進められる。

「あっ、あぁぁ――――…っ」

強い刺激に貫かれて、あっという間に達してしまう。上体を仰け反らせながら、白い飛《ひ》沫《まつ》をびゅくびゅくと下腹にまき散らした。

「おおっ……、入れただけで…、すごい、こんなに淫らだったとは」

「っ、ああっ、あはぁっ」

絶頂の余韻も引かぬままに突き上げられ、璉歌は切羽詰まった声を上げる。入り口から奥までを丹念に擦り上げられて全身がぞくぞくとわななないた。

「あ、あ、あっ」

はだけた薄布を身体に纏わりつかせ、黒髪がシーツに広がる。その凄艶で官能的な様は男の理性を破壊した。この高貴な身体を、めちゃくちゃにしてやりたいという欲求に駆られる。

「や、あぁっ、も、イく、また、いくっ……！」

続けざまに達する予感に恥知らずな声が上がった。璉歌はここに来て、本当に容易く極めてしまえるようになった。しかも、自分でそれを制御できない。

「んんくぅぅう」

「うおっ……！」

内奥がきゅうきゅうと引き絞られ、下腹にじゅわあっと快感が広がった。漣歌は男を道連れにしてイき、下腹部をぶるぶると震わせる。肉洞を白濁が満たした。

「ああ、うう……っ」

「ふう……、まったく最高だった」

男は満足そうに額の汗を拭い、漣歌を見下ろして呟く。

「これは一晩じっくりと愉しめそうだな」

漣歌の客は、いつも夜を通して漣歌を買う。他の娼妓たちは一晩に何人もの客を取らされるが、漣歌はほぼ一晩に一人だ。

だが、それで楽かと言われるとそうでもない。なぜなら彼らはいつも、飽くことなく漣歌を弄び、指や舌、ときには淫具を用いて責め上げて漣歌を泣かせ、喘がせる。何度も絶頂を味わわされる夜を過ごすにつけ、漣歌は自分の身体が甘い腐臭を放つような気がするのだ。

変わっていく。肉体が。そして次は心が。

少しずつ、この『月牢』という場所にふさわしい身体になっていく。

きっとこういうのを、堕ちた、というのだ。

次の日の客は、とある国の宰相とのことだった。身分を隠してはいたが、身に纏う衣服の高級さで官位がわかる。

「噂には聞いていたが……本当に、芦原の璉歌様か」

「ここに来る客は、皆それを聞きたがる。私が身を堕としたのがよほど嬉しいようだ」

前の客もそうだが、この部屋に来てそれを聞かない男はただ一人としていなかった。

「ここにあるのはただ私の身体だけだ。ウルナスが私のことをどう言っているのかは知らないが、淫売は淫売として扱うといい」

自らのことをそう蔑むのにも、心が軋まなくなっているのに気づく。あんなに容易く男の愛撫に達することができる身体は、そう判断して構わないだろう。

璉歌はベッドに座り、男の目の前でゆっくりと両脚を開いていった。白い脚から薄布が滑り落ちる。媚びを売る術もそれなりに身についた。

「おお……おお！」

男は高価な衣服をむしり取るように脱ぎ捨てると、慌ててベッドに乗り上げてくる。そうして露わになった璉歌の太腿に頬ずりし、吸いついては舐め上げる。

「これはまさしく、高貴なお身体……、ああ、こんな香《かぐわ》しい肌を好きにできるなんて……！」

「んっ……」

目の前の光景はおぞましいほどだというのに、身体の奥に炎が灯るのを感じた。男の手で薄布が脱がされ、璉歌の恥ずかしい場所が簡単に露わになる。

「ああっ…」

そこはすでに反応し、熱を持って隆起していた。

「可愛らしい……」

「あ、はっ！」

ぬるりと舐め上げられて、腰がびくん、と震える。男の舌は璉歌のものの裏筋を舐め上げ、先端を包み込む。甘い痺れに腰が浮いた。そのまま口に咥えられて、快感に背中が仰け反る。

「……っあ、う…っ、あ、う……っ」

（気持ちいい）

誰にされても快楽を得られる身体。恥ずかしい行為に身体の芯が燃え上がる。肉茎全体を吸われながら舌で擦られると、たまらなくなって喉が仰け反る。後孔の最奥までひくひくと蠢きはじめた。

「っ、ああっ、あ――…っ」

身体の後ろについた両手の肘ががくがくと震える。卑猥にしゃぶられる璉歌のものは、男の口の中ではち切れそうになっていた。

「ああ、いく――…、も、イってしま……っ」

最近は無意識で、イく時にそれを口に出せるようになった。そうするとより興奮して感じてしまうということも知った。

「イきなさい、そら、そら――」

先端のくびれのあたりを集中的に責められ、吸引される。璉歌はひとたまりもなく絶頂へと昇りつめた。

「ああっいいっ！――～～っ！」

一際高い嬌声を上げて、はしたないほどに腰を浮かせる。白蜜を男の口の中に弾けさせると、もっと出せとばかりにじゅるじゅると吸われた。ひいいっ、と声を上げ、イったばかりの肉茎を責められる快感に耐える。

「…っ、あっ、はあぁっ……」

ずくん、ずくん、と身体中が脈打った。激しい余韻に喘ぎながら、男がぎらぎらとした目でこちらを見ているのに気づく。きっと今夜も淫らに責められるのだろう。

「くぅ、ぅんっ…、あ――〜〜…っ」

　漣歌は男の上に跨がり、凄まじいほどに卑猥な格好で腰を振っていた。両脚を広げ、膝を曲げた状態で下から男のものを受け入れている。騎乗位をさせている男からは、漣歌の股間が丸見えの状態だ。

「素晴らしい眺めだ。さあ、もっと腰を振って――――」

「あ、ぁあっ…、あぁぁぁ…っ」

　シーツについた両手で体重を支え、男の前で腰を上下させる。めいっぱい広げられた肉環から、赤黒い男根がぬぷぬぷと出入りしている様はひどくいやらしい。感じる粘膜を擦られて、苦しげにそそり立っている肉茎が動きに従って揺れた。

「どうしました？　動きがおろそかになっていますよ」

　それではいつまで経っても終わりませんねと男は続ける。だが、漣歌とて精一杯やっている。快感が強すぎて、だんだん腰が動かせなくなっているのだ。

「む、むり…だ、これ、以上っ……」

　はあはあと喘ぎながら訴える。すると男に両手で尻を摑まれ、回すように動かされた。中をぐりぐりと男根で刺激され、強烈な快感を与えられる。

「あ、あっひぃぃぃいっ」

はしたない声を上げながら、璉歌は軽く達してしまう。股間の屹立から、愛液がとろりと漏れた。そのまま強制的にぐちゅぐちゅと上下に動かされ、泣くような声が上がる。

「ふぁぁあっ、ああーっ！　んぁ、ひ、ぃ、いく、イくぅ……っ！」

「なんて感度だ。璉歌様がこんなに淫乱だなんて、思いませんでしたよ」

男が感嘆したような声で言った。璉歌の肉洞は、中を穿つ男のものに絡みつき、締め上げて、自身も思う様快楽を貪っている。体内には駄目になってしまうような、我慢できない場所がいくつかあって、璉歌はそのほぼすべてを開発されてしまっている。だから今や、挿れられるだけで感じてしまう器官となっているのだ。

「あっ、あっ、ゆる、し、もう、許してっ……」

快感が過ぎて受け止められない。娼妓としては許されないことだが、どうしても駄目な時はこの言葉を言えと教えられた。だが。

「いえいえ、もう少し我慢していただきましょう」

「…っあ——～～っ！」

男が下からずうん、と深く突き上げてきた。その言葉を言ったとて、許してもらえるとは限らない。そのまま立て続けに奥を抉《えぐ》られ、璉歌はめちゃくちゃな快楽に我を忘れたようによがり泣いた。

「あっ、あぁぁあぁ、ぁひぃいぃっ、い、く、イってるっ、ふあぁあっ」

内壁を擦られ続け、泣きどころにぶち当てられて、止めどない極みに揺さぶられる。きつく硬く締め上げられた男は、璉歌の太腿に指を食い込ませ、うねる肉洞の中に射精した。

「んぁぁあぁあ――――っ」

腹の中に白濁がぶちまけられる。その屈辱と快感を噛みしめ、璉歌はしつこく残る余韻に身悶えするのだった。

「お客様はみんな褒めていたよ。君はとても評判がいい」

湯殿を使っていると、ウルナスが無遠慮に入ってきて、おもむろにそんなことを言った。

璉歌は濡れた髪をかき上げて片側に寄せ、湯舟に身を寄せて彼に視線を向ける。

「それは喜んでいいことなのだろうな」

「もちろん」

「だが、私は特に何もしていない。ただ客にされるままになっているだけだ」

「それでいいんだよ。打てば響くような感度だと喜ばれていた。演技にも見えないとね」

「……」

璉歌は透明な湯に視線を落とす。湯には花びらが浮かべられていた。

確かに、璉歌が客に抱かれる時の反応は演技などではない。本気で感じて乱れている。

客たちはそんな璉歌を見てますます興奮し、この身体を嬲るのだ。

「おかげでこの『月牢』、ひいてはメトシェラも大層潤っている。君が来てから、売り上げが右肩上がりだ」

「それはよかった」

「そんなに他人事のように言うなよ。君の功績だ」

ウルナスはおかしそうに笑って言った。

「……身体の中が、腐っていきそうだ」

ざばっ、と音を立てて立ち上がり、湯舟から出る。ウルナスがリネンを手に取り、大きく広げて璉歌を包み込んだ。ウルナスに拭かれるがままに身を任せる。

「客と事に及んで、達する度、中に出される度に、まるで腐った果実のように中から崩れていくような感じがする」

「それが、ここの娼妓になるということさ」

璉歌の濡れた髪を丁寧に拭きながら、ウルナスが耳元で囁いた。

「以前の青い果実のようだった君も素敵だが、俺は今の君のほうが断然好きだ」

「――――」

璉歌はきつい視線でウルナスを睨みつけた。だがすぐに諦めたように目を逸らす。

「お前という男が、本当にわからない」

「そうかな？　俺は存外にわかりやすい男だと思うが」

「私が腐り堕ちていくのが満足か？」

「ああ、満足だね。君はもう男なしでは生きていけない。このメトシェラからは出られない」

男の口元がにやりと歪《ゆが》められる。

「君は俺の手の中だ」

そう言われた時、璉歌の胸の奥のとある場所にほんのりと熱が灯った。髪を拭いてくれる手はあくまで優しい。璉歌をこんな淫らな地獄に放り込んだ男とは思えないほどに。

けれど、この地獄に堕ちることを選んだのもまた自分なのだ。

「そういえば、ここに来てから外に出ていないのじゃないか？」

牢の名がついてはいるが、ここに在籍する娼妓たちは建物の外に出てはならないわけではない。壁の外に出られなければ、逃亡の恐れがないからだ。この都市の出入り口はひとつきりであり、そこには常時兵士たちが警備をしている。

「ここには緑地だってある。散歩にでも出かけたっていいんだよ」

「興味がない」

「たまには外の空気を吸うのも大事だぞ？　というわけでな、来週の夜に、ここで花火が上がる。その時は君も姿を見せてくれ」

唐突に言われて何かと思えば、このメトシェラでは、年に一度、盛大に花火が上がる催しがあるらしいのだ。その時はここの娼妓たちもバルコニーなどで着飾った姿を見せ、共に花火を楽しむらしい。

「君はここの一番の華だ。出てくれなくては困る。というか、俺が見せびらかしたいんだがな。こういう場で華の役割を務めるのは、慣れているだろう?」

漣歌はここに来てからのほとんどを、この豪華な部屋で過ごしていた。メトシェラにそんな催しごとがあったとは知らなかった。

「うんと美しく装ってくれ。楽しみにしている」

不思議なことに、ウルナスにそう言われるとその気になってしまいそうな自分がいる。

(どうせ私は商品に過ぎないのに)

頭から被った布の下で、漣歌はひっそりと苦笑する。ウルナスはどういうわけか、そんな漣歌に軽く口づけをしただけで、それ以上は何もせずに部屋を出ていった。ため息をついた漣歌は、ウルナスが口づけた唇にそっと触れる。そこは微かに脈打つ感覚がしていた。


その日のメトシェラは、どの通りもよりいっそうきらびやかな気がした。

『月牢』はこの都市のどこよりも高い場所にあり、また漣歌の部屋も高層に位置しているので、バルコニーに出れば街を一望することができる。

「こんな眺望をしていたのか」

これまでバルコニーに出たことはなかった。今夜の漣歌はいつもよりも豪華な羽織を纏い、髪の一部を結い上げていくつかの簪《かんざし》をさしている。もちろんそれはウルナスより贈られたものだった。

街の中心には華やかな噴水があり、そこから同心円状に道が作られている。大きな通りは街の中心から八本延びていて、その通りの中にも細かい通路がいくつも這うようにして作られていた。そしてそのすべてに大小混ざった店が軒を連ねている。

この中で、夜ごと数え切れないほどの欲望が消費されているのだ。

（私もそのうちのひとつなのだ）

それらが織りなす明かりを眺めながら、璉歌はぼんやりと思う。

――あれが……そうなのか。

――芦原から来た……。

――なるほど美しい。

――しかし、一生かかっても買えないだろうな……。

別のバルコニーから向けられる視線と、囁くような声が聞こえる。

建物から張り出したいくつものバルコニーにいる客と娼妓が、こちらを見て好き勝手に感想を述べているのだ。

璉歌がちらりと視線を向けると、そこには婀娜《あだ》っぽい衣装を着た男の娼妓と、彼を買った客が長椅子に並んで座ってこちらを見ていた。

男の客が璉歌と視線が合うと、たちまちやに下がったような表情になる。すると隣でしなだれかかるように座っていた娼妓が甘えるように客の肩を叩き、璉歌を素早く値踏みする。どこか敵意のこもった眼差しが璉歌を貫いた。自分の客が他の娼妓に目移りしたのだ。当然おもしろくはないだろう。そしてそんな現象は、バルコニーのあちこちで起きていた。

「――――」

「どうした？」

璉歌の隣にはウルナスと、そして少し離れたところではキルシュが壁にもたれて杯を手にしていた。

「居心地が悪い」

端的な言葉を紡ぐ璉歌に、ウルナスは一瞬虚を衝かれた顔をしたが、やがてどういうことか察したようだった。人の悪い笑みを浮かべて璉歌の肩を抱き寄せる。

「嫉妬の視線か。頂点に立つ存在には切っても切れないものだ。気にすることはない」

「頂点だなどと」

自分がここで一番上に立つ存在だということには、未だ自覚がない。璉歌は芦原の王であった頃、努力というものをしてきた。国を豊かにし、民を幸福にすること。それだけを考え、そのためには何をしたらいいかということを考え、尽力していた。ここに来たのも、熟慮の末、それしか方法がないと決断してのことだった。

だがここに来てから、璉歌は与えられる行為を受け止めるだけで精一杯で、『月牢』で何かを成し得ようと思ったことはない。そもそもそういったことが可能なのかもわからない。これまでの人生で考えられなかった世界にぶち込まれ、夜ごとの快楽に喘ぎ、悶えるだけだ。

「私は立派な娼妓であろうと考えたことがない。そんな私がここで頂点に立つなどとは思えない」

そう呟いた時、ウルナスはキルシュと顔を見合わせ、おかしそうに笑った。

「何か変なことを言ったか」

「いや、笑ったりして悪かった。だがな璉歌殿。つまり『そういうところ』だよ」

璉歌はウルナスの言葉がよく理解できなかった。キルシュが手にした杯を弄びながらその後を続ける。

「俺もここにはよく来るが、こんなところで客の相手をしている者に、そんなふうに考えている奴はめったにいない。そんな立派なことを考えなくとも身体は売れるからな。主に金のためと、売られてきた奴と、そしてセックスが好きな奴だ」

「璉歌殿の場合は、二番目に近いか」

「私は売られたわけではない」

「君の国は君を売ったんだろう」

「……違う。私は自らの意思でここに来た」

あれで国は助かった。ならばそれは璉歌にとって本懐なのだ。

「――――まあいい。何度も言うが、君は君であるというだけで付加価値がついている。それは努力では到底成し得ないものだよ」

それはおそらく璉歌がかつて国の王だったということだ。今の璉歌にはなんの身分もないというのに。

「実体のないものだ」

「ここはそういう街だからね」

すべてが虚飾。欲望の都。そう呟くウルナスの横顔が色硝子《いろガラス》のランプに照らされる。

「けれど、君は実際に誰よりも気高く美しく、そして淫乱だ。それだけで充分なんだよ」

その時、空の上に大砲のような音が轟《とどろ》き、夜空に盛大な火花が散った。そこかしこで低いどよめきが上がる。

「――――」

故郷でも花火を見たことがあるが、それは目の前で一瞬のうちに華開くように消えてしまう。ウルナスが今言ったように、実体のない虚飾のもの。だが、見ている人を喜ばせ、わずかの間でも心を慰めることができる。

「……ウルナスは」

「うん？」

璉歌が呼びかけると、花火を眺めていたウルナスがこちらに視線を向けた。

「この街が好きなのか」

そう訊ねると、彼は小さく笑う。

「そうだね。好きだ」

「何故」

「金のためというのもあるが、それは一番わかりやすい理由だ。虚飾とは言い換えれば夢だ。ここは夢の国なんだよ」

「ハッ、モノは言い様だなあ」

それを聞いてキルシュが笑い飛ばした。

「だが、事実だろう？」

「まあな」

「詭弁《きべん》を言うな。それは一方的に消費している者の理論だろう。夢を提供している者にとっては、ここは地獄かもしれない」

「確かに。璉歌の言うことは正しい」

ウルナスは軽く肩を竦める。

「地獄と背中合わせの夢。いや、背中合わせなんかじゃなく、それは同じものかもしれない。ただ甘いだけの夢では物足りないという人間が作る都なのさ」

「……」

漣歌にはその言葉はよくわからなかった。

「君はその地獄の案内人として、これ以上はないというほどに適任なんだよ」

「……っあ」

顎を捉えられ、唇を吸われる。舌を差し入れられるとすぐにぼうっとなってしまいそうだった。うっすらと瞳を開けると、ウルナスの肩ごしに激しく舞っては消える光の渦が見える。綺麗だと思った。

「や、んっ」

衣装の隙間から忍んできた指先に胸の突起を捉えられ、可愛がられる。鋭敏になってしまったそこは、転がされるとたちまちのうちに硬くなって尖った。

その感覚に肩を震わせていると、ウルナスがキルシュを手で合図して呼ぶ。心得たように漣歌の隣に腰を下ろした男は、反対側から手を差し入れてきた。

「あっ……！」

もう片方の乳首を摘ままれ、優しく揉まれる。弱い場所を責められて、背中がぞくぞくした。

「……ほら、ちょっと弄っただけで、もうこんなに感じている」

「ここも、俺が抱いた時よりも大きくなって、いやらしい色になってるんじゃないか？」

「うっ、うっ」

卑猥なことを両側から言われ、こりこりと刺激される。乳首への刺激は、そのまま股間への刺激になることを漣歌は早いうちに思い知らされた。

「あっ、やめっ……、こんな、ところで」

「ここがどこだと思っているんだい？　お上品なテラスなんかじゃないよ」

胸への刺激に喘ぎながら周りに目線を巡らすと、花火の下、そこここで淫らな行為が繰り広げられている気配がした。だがそれは、こちらのことも当然見えるということだろう。

「見せてやればいい。そこいらの男では触れられもしない君が乱れる姿を」

「あ、あんっ……、んっ、ん！」

衣装が乱れ、愛撫される白い胸が露わになった。刺激される突起は乳暈から膨らんで勃起している。その敏感な乳首を、両側から爪の先でカリカリとひっかかれた。

「君はこれが好きだろう？」

「あっ！　ああ、んっ！」

ビクン、と身体が跳ねて、たまらずに上体が仰け反る。細かく愛撫される乳首はくすぐったくて、痺れるようで、そこから快感が全身へと広がっていった。

せめて、声だけでも周りに聞かれたくない――、そう思って手で口を塞いでみるも、まったく無駄なことに愕然とする。勝手に漏れてしまう喘ぎは、そんなものでは抑えることはできなかった。

「あっいやだっ、あぁっ、はずか、しぃ……っ」

取り乱し、首を振る璉歌の頭から、簪が一本落ちた。だがそんなことにすら気づかない。

「ここだけでイくことができたら、後のことは部屋の中でしてあげよう」

「あ、は、そん……なっ」

乳首が指先でぷるぷると震わされている。断続的に与えられる快感に、腰の奥の高鳴りが大きくなってきていた。下帯の中で肉茎が張り詰めている。

「こっちもして欲しそうだな」

「ああっ」

キルシュが薄布の上からそっと肉茎を撫で上げた時、腰骨に響くような快楽が走った。

だが、その手はすぐに離れてしまう。

――――おい見ろよあれ。

――――たまんねえな。興奮する。

――――俺も舐め回してえ。

璉歌が責められている様を見ている者たちの声が耳に入ってきた。燃えるような羞恥が身体を灼き、そして間違いなく興奮もまたそこにあった。

「こんなに膨らんでいる。気持ちいいだろう？」

「イくまでカリカリしててやるからな」

「——～～っふあっ、あっあっあっあっ」

胸の先からの刺激で、腰の奥がきゅうきゅうと疼く。腰も動いてしまって、開いた両膝の間から愛液に濡れて下帯を透けさせている股間が露わになった。駄目だ。こんな格好、皆に見えてしまう。

「あ、だ、め、ああっイっくっ」

「どこでイくんだ？」

ウルナスの囁きに、璉歌は舌先で自分の濡れた唇を舐めた。

「ち、乳首で、イ……くぅ……っ、——～～っ！」

とてつもなくいやらしい声を上げながら、璉歌は背を反らせて絶頂に達した。下帯の下で白蜜がどぷりと吐き出される。

イってしまった。皆に見られているところで。

「は…ぁん、ぁ…っ」

達した後の、身体がじんじんする感じが気持ちがいい。こんな仕打ちを受けたにもかかわらず、璉歌の意識は恍惚としていた。体内がとてももどかしくて、早く脚の間を思い切り虐めて欲しいと思っている。

「いい子だ。よくイけたね」

ウルナスに褒められて嬉しかった。

花火は今や最高潮で、涙の膜に濡れた視界の中、滝のような火花が夜空を覆っていた。

その夜の客は、部屋に入ってきた時からどこか様子が違っていた。部屋の入り口で動かず、璉歌のほうをじっと見ている。

「……どうした。こちらに来ないのか」

これまでの客も、璉歌を前にして凝視することはよくあった。これが本当にあの芦原の璉歌なのかという目だ。今夜の客も、その視線とよく似ている。ただ、眼差しの中に驚愕と動揺の色が見え隠れしている。

璉歌が再度声をかけようとすると、男が突然足下に縋りついてきたのでひどく驚いた。

「何を――」

「璉歌様、お顔を再び拝見でき、嬉しく思います！」

「！」

息を呑む璉歌の前で、男はゆっくりと顔を上げる。よく見ると、芦原の人間の面立ちが見て取れた。

「私は芦原の宮城に仕える者です」

「……え？」

状況を把握するまでに数瞬かかった。だが、男が憐憫《れんびん》の情を含んだ目でこちらを見ていることに気づき、璉歌は思わず背を向けた。

――芦原の人間に、この姿を見られたくはなかった。

彼らの中では、璉歌は今でも『王』のままだったろう。こんな扇情的な衣装を着て、男を待っている様子など、想像できなかったに違いない。

「……何しに来た」

自分でも妙なことを聞いているとは思った。この部屋を訪れる男の目的は、璉歌を抱くことだ。それも、かつて王であった身分の璉歌を貶めるという行為に欲情を覚える男たちが圧倒的に多い。この男もそうだというのだろうか。

「璉歌様、芦原の情勢は、落ち着きを取り戻しました。あなた様の尊い献身によって芦原は救われたのです」

それを聞いた時、璉歌の肩がびくりと震えた。ゆっくりと男に向き直り、視線を戻す。

「真《まこと》か」

「はい。ですが、こちらに伝え聞く璉歌様のご様子は、あまりにひどいもので……我ら一同、どうにかできないものかと思案しておりました」

芦原の宮中では、璉歌を取り戻せないかという一派が存在しており、このまま璉歌の身柄をメトシェラに任せるべきだという勢力と対立しているという。

「――――それは、私の望むところではない」

璉歌の望みは民が平穏に暮らせることだ。もはやここに来た時点で、芦原に戻れないことは覚悟の上だった。

「しかし、神にも等しいあなた様が、こんなところで、そのようなお姿で――――！」

芦原の王は即位すると神格化される。芦原においては、璉歌は生き神そのものだった。

「そなたはここに来るべきではなかった」

この男にとって、今の璉歌の姿は堕落した神そのものだったろう。

「だが、芦原の様子を知らせてくれたことは礼を言う――――。さあ、早々に立ち去るがいい」

「お逃げください、璉歌様」

「……何？」

男の言葉に璉歌は瞠目した。

「ここに入るのに、さる豪商の身分を借りました。芦原から来たと言っては、絶対に通してはもらえないでしょうから――――」

それはその通りだと思う。璉歌の客は、ウルナスが一括で管理しているはずだ。どういった客に璉歌を買わせるのかは彼が決める。

「共に芦原に帰りましょう。皆あなた様を待っております」

「そのようなこと、できるはずがないだろう」

絶対に帰れるはずがない。帰ってはいけないとわかってはいつつも、その時璉歌の心が揺れなかったわけではなかった。

璉歌が生まれ育った国。この国を治めこの国で死ぬのだと、なんの疑いもなく生きてきた。そう、以前までは。

だが男は譲らなかった。

「あなた様の処遇は、人質としてのものを超えております。私どもは、場合によってはこのメトシェラに軍を派遣する用意がございます。誇り高い璉歌様が、このような……、まったく、おいたわしい……！」

嘆くように言う男を見て、璉歌は、自分が置かれている境遇が外からはどのように見えるものかを今更ながら理解した。自覚がなかったが、知らず知らずのうちに麻痺していたのかもしれない。

思わず黙り込んだ璉歌の手を男が取った。

「さあ、お早く。見張りの者はうまく抱き込んでおります」

「――――」

本当に、戻れるのだろうか。

その時、璉歌の心が動いた。

本当に戻れるのならば、この男についていってもいいのかもしれない。ここから、この城から、あの壁から出られるのならば。

漣歌は足を一歩踏み出そうとした。

その瞬間、部屋の扉が勢いよく開かれる。

「そういうことをしてもらっては困るな。彼はこのメトシェラにとっても、俺にとっても大事なんでね」

「何っ……！」

「――――ウルナス」

扉の前にはウルナスが立っていた。その背後には、武装した兵士を何人も従えている。その中には、キルシュの姿もあった。

「警護の者をうまく買収したようだが、ここは俺に忠実な者も多くてね。だが、この部屋まで入り込んだことは褒めてあげよう」

「貴様っ……！」

芦原から来た男の顔に憎悪の色が浮かぶ。漣歌は呆然《ぼうぜん》としてウルナスを見つめた。彼は男が漣歌の手を握っているのを目にとめ、嫌そうに顔を顰《しか》める。

「その手を離したまえ。彼の値段は君が一生かかっても払えないほどだ」

「この方は、そのような存在ではない‼」

ウルナスは氷のように冷たい目をして男に言った。

「彼がここでどんな働きをしているのか知っているのか？　璉歌殿は男に夢を見せてくれる。彼は素晴らしい存在だ。そこいらの人間にできることではない。璉歌殿だからだ」

「詭弁を……！」

「なんとでも言うといい。お前には理解できまいよ。だがお前がしたことは、俺の宝を盗みだそうとしたのと同じことだ」

ウルナスが合図をすると、背後に控えていた兵士たちがいっせいになだれ込んで璉歌と男を引き離した。キルシュが璉歌の腕を摑み、抱え込む。

「――――くそっ！」

「ウルナス！　命だけは、どうか彼の命だけは助けてやってくれ！」

自分のために死なせてしまうのはあまりに忍びなくて、璉歌はウルナスに懇願した。すると彼は、ひどく嫌そうな表情をした。

「君をここから連れ出そうとしたのに？」

ウルナスからは、怒気を抑えているような気配が伝わってくる。彼は他者が璉歌を自分の手元から連れ出そうとしたことにひどく憤っているらしい。

ウルナスが言うには、璉歌の存在はこのメトシェラに多大な利益をもたらしている。そんな自分がいなくなったら困ることは間違いないだろう。だが、彼の態度はそういったものとはまた違うような気がする。たとえていうのなら、執着のような。そんなウルナスを目の前にして、璉歌は戸惑った。

「本当は殺してその首を城門の前に晒してやろうかと思っていたが、君がそう言うのなら殺すのはやめよう。だが、君には思い知ってもらう必要がある。璉歌殿」

薄く笑いながら告げるウルナスに、璉歌は身構える。

「――――璉歌様！　私のことは捨て置いてください！」

自分の命のために璉歌がひどい目に遭わされると思った男が必死の形相で訴えた。だが、璉歌は足を一歩踏み出して言う。

「いいだろう」

自分のために芦原から来た男が殺されてしまうのは寝覚めが悪い。いっそ国に帰り、璉歌はどうしようもない淫売に成り下がったと伝えてくれるほうが気が楽だと思った。もう誰にも璉歌のことを心配して欲しくはない。そんな思いをさせるために自分はここに来たわけではない。

「好きにするといい」

「璉歌様！」

「心配するな」

璉歌は男を見やり、小さく微笑んだ。

「ウルナスは私を傷つけることはできない。そんなことをして客が取れなくなったら、彼自身が困ることになる」

「よくわかっているじゃないか」

ウルナスが近づいてきて、璉歌の顎を摑んだ。

「その通りだ。俺は君を傷つけることができない。だが、何も痛みを与えることだけが責める手段じゃない。そんなことは、ここに来てとっくにわかったものだと思っていたけれどな」

「……」

「それとも期待しているのか？　正気を失うほどに責められることを」

璉歌は夕陽の色の瞳で、ウルナスを刺すように見上げる。さすがの璉歌とて、彼の言う意味はわかっている。だがここで退《ひ》くわけにはいかなかった。

「――なるほど。では望み通りにしてやろう」

ウルナスは璉歌から手を離すと、上着の裾を翻して背を向ける。

「璉歌殿を広間にお連れしろ。その男もだ」

兵士たちが璉歌の腕を摑もうとした。

「――触るな。無礼者が」

だがその時璉歌の発した声に、兵士たちの動きが止まる。大きな声だったわけではない。

けれどその響きには、他者を従わせるものがあった。兵士たちはそれ以上璉歌に何もすることができず、彫像のようにその場に固まった。

「自分の脚で歩ける」

これから自分が責められるであろう場所に、自ら赴こうとする。ウルナスは振り返ってその様子を眺め、瞳の奥にぎらついた光を浮かべながらうっそりと笑った。


広間と呼ばれる場所は、『月牢』の地下にある。璉歌は最上階にある自分の部屋から、地下までの五階相当を階段を下っていかなければならなかった。

大きな両開きの扉が開かれると、そこには広い空間があった。だが天井が低い。中央奥は一段高くなっていて、そこにはおそらくろくでもない用途に使われるのだろうと思われるベッドや椅子のようなものが置かれてあった。その後ろにある戸棚にも、見たくないような道具が並んでいる。そして太い支柱のようなものがあった。

奥まで連れてこられた時、天井からいくつもの拘束具や鎖のようなものが下がっているのに気づく。それらを吊《つる》す梁《はり》のせいで天井が低く見えたらしい。

「璉歌殿を吊せ。その男は、そのへんに転がしておけばいい」

ウルナスの指示で、芦原から来た男は縛られたまま床に転がされた。そして璉歌は壇上に上げられて裸にされると、両腕をそれぞれ革の枷に繋がれ、上から吊される。

「……っ」

これで璉歌はそのしなやかな肢体を芦原から来た男に余すところなく晒すことになってしまった。羞恥に唇を噛みしめる。

「どうした。璉歌殿の玉体だぞ。こんな機会はそうそうない。しっかり目に焼きつけたらどうだ」

からかうようにウルナスが言う。だが男は顔を背けて目に入れないようにしていた。

「見ていないんじゃ意味がないんじゃないか、ウルナス」

「いや、構わない。どうせすぐに見たくなる」

キルシュの声に、ウルナスは気に止めることなく背後の棚から何かを手に取った。掌に乗るほどの青い丸い壺《つぼ》。その蓋を開けると、中にはとろりとした軟膏《なんこう》のようなものが入っている。

「璉歌殿は、媚薬は初めてだったかな」

ウルナスはそれを見せつけるようにたっぷりと指に取った。

「この媚薬は非常に高価なものでね。その分、効き目のほうは保証するよ。他ならぬ君のためだ。惜しげもなく使ってあげよう。キルシュ、広げてくれ」

「わかった」

キルシュが後ろに回り、漣歌の双丘を両手で広げる。秘められた場所が外気に触れる感覚に心許なさを感じた。

「相変わらず可愛らしい孔だな」

「今からここに、気持ちよくなるものを塗ってあげよう」

媚薬を纏ったウルナスの指が、肉環をこじ開けて侵入してくる。

「んうっ……！」

ずくん、という感覚が腰を突き上げた。肉洞の中に媚薬を押し込まれ、粘膜にたっぷりと塗られていく。最初は、内部がじんわりと熱く感じる程度だった。だがその熱はすぐに得体の知れない快楽と疼きとを連れてくる。

「んぁっ…、ああっ！」

ビクン、と身体が仰け反った。全身が燃え上がるように熱くて、どうしたらいいのかわからない。腹の中がひくひくと蠢き、早く挿れて欲しくてたまらなかった。

「あっ、あっ、あうぅ……っ」

拘束された裸体をくねらせて、漣歌は身の内の熱と疼きをなんとか抑え込もうとした。だが、できない。それどころか、ますますもどかしさが募るだけだった。ウルナスもキルシュも、そんな漣歌を眺めるだけで、何もしてこない。どうして。

「や……っ、あ、あぁあぁ……っ！」

身悶えると、腕の枷に繋がれた鎖がガチャガチャと鳴る。それがひどく耳障りだった。そして次の瞬間、璉歌は一際高い声を上げて仰け反ってしまう。

「んあっ、ふぁああっ！」

「どんな感じかな？」

ウルナスが腰から脇腹にかけてを指先で撫で上げてきたのだ。たったそれだけで、全身にぞくぞくと官能の波が走り、肌が粟立《あわだ》った。

「よく媚薬が効いているようだな」

反対側からキルシュも同じように触れてきた。過敏になった肌を男たちの指が這う。それは身体中を這い回って弱い場所を嬲った。尻を揉まれ、脚の付け根を撫でられると、気持ちのいいもどかしさが内奥を貫いた。

「あ、あああっ、そこっ、やだっ……！」

「お前はここが弱かったよな」

キルシュの指が腋の下の窪みをかき回す。くすぐったいのに、強烈な快感が全身を駆け回った。

「俺もしてやろうか」

「んぁあぁああっ」

ウルナスの指が脇腹を辿る。腰骨から尻にかけても指先を這わされ、頭の中がかき乱されるようだった。

「あぁあ、あ、ひぃ……っ！　や、それ、だめ……っ、ん、い、イく、いくぅうぅう……っ！」

身体に指を這わせられただけで、璉歌は腰を震わせて達してしまった。脚の間のものから白蜜が弾ける。

「ん、ふぁ、あぁぁ……っ」

激しい余韻に身体中がじんじんする。そもそも決定的な刺激を与えられて達したわけではないので、肉体はまったく満足してはいなかった。媚薬の効果もあって、身体がますます燃え上がっていく。

「ちょっとくすぐられただけでイってしまったのか」

「んっ……んんっ……」

ウルナスに口づけられ、舌を吸われると夢中になって吸い返してしまった。舌を絡め合うくちゅくちゅという音が頭蓋に響いてぼうっとなる。

「今度はもう少しちゃんと触ってやろう」

「あぁっ」

ウルナスの手が股間の肉茎を握り、優しく扱きだす。鋭い刺激に脳が痺れて、璉歌の濡れた唇から甘い声が漏れた。

「んん、は……あぁあ……っ」

「そら、こっもだ」

「んんっあっんっ！」

キルシュに乳首を摘まれ、こりこりと揉まれて我慢ができなくなる。璉歌は身体中を上気させて男たちの愛撫に喘いだ。媚薬のせいか、まったく堪えることができない。

「あ、あ、いっ、あぁぁ……っ」

ウルナスの指で裏筋を擦られ、先端のくびれのあたりを撫でられると蜜口から愛液がとぷとぷと溢れてくる。

「気持ちいいか？」

耳元で囁かれ、こくこくと頷いた。

「そ、こ、きもち、いい…っ、ああっ、乳首、も……っ」

キルシュの指先で摘まれ、指の先で何度もひっかかれるように刺激を与えられ、璉歌の肉体は嵐のような快感に蹂躙《じゅうりん》されていた。理性ももはや熔けてなくなってしまったように、口から卑猥な言葉が溢れ出る。

「も、もう、イくう……っ、っ」

こんなに感じているのに、今度は男たちはなかなかイかせてはくれなかった。璉歌が達しそうになると、微妙に愛撫の手を緩めてしまう。おかしくなってしまいそうだ。

「あ、ああ、ああっ、どうし、て……っ」

璉歌は仰け反ったり、腰を振ったりして耐えようとした。だが体内に快感がどんどん蓄積されていく。

「これ以上気持ちよくなったら、君の国の人にすごい姿を見せてしまうことになるけど、いいのかい？」

「っ」

その言葉に、璉歌の思考が一瞬戻った。目の前を見てみると、芦原の男がこちらを見ていることに気づく。最初に顔を背けていたはずの男は、こちらを凝視し、呆然とした表情を浮かべていた。顔が赤らんで、息が荒くなっている。

「ぁ――――あ」

見られている、恥ずかしいこの姿を。浅ましい正体を。生き神でも王でもなんでもない、ただ劣情にまみれた自分を。

その瞬間、璉歌は頭の芯が灼き切れたような感覚を得た。そして次の瞬間、握られた肉茎がぐぐっ、と強く扱かれる。同じく乳首もまた、指先で押し潰されるように刺激された。

「あぁはぁあぁぁんんっ、――――～～っ！」

あられもない声が反った喉から漏れる。肉茎の先端からびゅくびゅくと白蜜が噴き上がり、璉歌は腰が抜けるのではないかと思うほどの絶頂に苛《さいな》まれた。胸の先もじくじくと痺れ、そこから身体中に甘い波が広がっていく。

「はあっ……！　ああっ、ああっ……」

なかなか退かない極みに全身がびくついていた。長い黒髪が頬に乱れかかり、張りつく様がひどく婀娜《あだ》っぽい。

「どうだ？　感想は。媚薬が効いた状態で嬲られるのはたまらないだろう」

キルシュに顎を摑まれ、涙で滲んだ瞳をのぞき込まれた。うまく答えられないでいると、肉環にウルナスの指が差し込まれる。

「ああんんっ！」

「……ふ、ここはもうぐちゃぐちゃだな」

媚薬を塗られ、これ以上はないほどに疼く内奥をかき回されて、目の前がちかちかと明滅した。

「ひ、あっ、あぁぁあっ！　……っな、なか、が、あついっ……！」

「挿れてやろうか。きっと気持ちいいぞ」

ウルナスが指を動かすごとに、にちゃにちゃと卑猥な音が響く。そこを犯された時の快感を知っている璉歌の肉体は、一刻も早く挿れて欲しいと泣いていた。奥まで貫いて、感じるところをめちゃくちゃに突き上げて欲しい。

「ああっ…、い、れて、はやくっ…、ずんずんって、してっ……！」

　思いつく限りの淫語を垂れ流して男を誘った。それはウルナスを満足させたらしく、双丘の狭間《はざま》に熱いものが押し当てられる。きた、と思った時、安堵《あんど》で涙が出た。

「あぁぁぁあ――〜〜っ」

　一気に這入り込んできたそれは、璉歌の奥まで届き、泣き所を貫く。その瞬間に達してしまった璉歌は、身体中をびくびくとわななかせて啼泣する。

「あっ…、す…ごい、きもち、ぃ……っ」

「またイってしまったな……。でも、中を虐められるのはこれからだぞ」

　ウルナスが奥に挿れたまま、小刻みに腰を揺らして責めた。そうされると腹の奥からじゅわじゅわと快感が湧き上がってきて、また泣いてしまう。

「あう…っ、あうぅ――〜〜っ」

「よしよし、気持ちいいか」

「んんぅぅ……っ」

　泣き喘ぐ璉歌の唇をキルシュが塞いだ。我を忘れて舌を絡ませ合う璉歌の口の端から唾液が滴り落ちる。

「だいぶ素直になったな。可愛いぞ」

　キルシュの唇が、胸元からその下へと下がっていく。そして脚の間で反り返っているものを口に含まれてしまい、悲鳴じみた声が漏れた。

「ふあ、あぁぁぁ〜〜〜〜っ！　あ、ひ、そこっ、舐めるの、ゆるして……っ」

ただでさえ後ろの快感でどうにかなりそうなのに、肉茎まで舐めしゃぶられては死んでしまいそうだった。

「ああ、んん、ぁあんん……っ！」

じゅる、じゅる、と肉厚の舌で音を立てて吸われながら、裏筋を意地悪く擦られてしまう。脚の力が抜けて、両腕を吊られていなければ立っていることさえ難しかった。前の刺激を耐えようとすれば、後ろからウルナスに奥をぐりぐりと穿たれてしまう。

「っひっ、あぁ――――〜〜っ、っい、イく、あっ」

絶頂を迎え、びくびくと背を反らしわななく。前と後ろ、どちらで達しているのか璉歌自身もよくわからなかった。

「今日はとことんイかせてあげよう。君の本性が剝《む》き出しになるまで」

「んん、あっ」

ウルナスに舌先で耳の中を嬲られると、腰がぞわぞわする。璉歌の前に跪《ひざまず》いていたキルシュが立ち上がり、首筋に優しく口づけを落としてきた。

「あっ、あっ」

そんな軽い愛撫でさえも、今の璉歌はどうしようもなく感じてしまう。そして床についていた両脚をキルシュに抱え上げられ、漣歌の身体は宙に持ち上げられる形になってしまった。

「あ――――あっ⁉」

後ろにはまだウルナスが挿入されたままだ。足場をなくした漣歌の肢体を、ウルナスが背後からずぶずぶと抽送する。

「あんんっ、んんぅう…っ」

媚肉を擦り上げられ、身体中がじんじんと脈打った。すると、ふいに中からウルナスのものがずるりと引き抜かれる。思いがけない喪失感に漣歌は物欲しげな声を上げてしまった。「んぁ、あああっ」

腹の中がひくひくと疼く。

「あ、なんでっ……、こんなっ…」

取り上げないで欲しい。せっかく気持ちがいいのに。どうして。

吊され、抱え上げられた身体をくねらせ悶えていると、その収縮する肉環にいきなり前から怒張が突き立てられた。キルシュのものだ。

「あ、あ――――…っ」

まるで稲妻に貫かれたような快感に、反った身体がぶるぶると震える。ウルナスの肩口に後頭部を押し当てて喘ぐ漣歌の耳元に、低い囁きが注ぎ込まれた。

「俺たちで同時に犯してあげよう」

そしてキルシュの獰猛《どうもう》なものでじゅぷじゅぷと奥まで突き入れられ、腹の中が煮え立つ。ウルナスとはまた違う男根の感覚に急に対処ができず、肉洞の粘膜が悶えた。通常とは違い宙に持ち上げられた体勢で貫かれているので、自分ではまったく調整ができない。相手の好き放題に中を犯されるしかないのだ。

「んぁぁ、ふぁぁぁあっ」

それでもどうにかキルシュのものに馴染んできたと思った時、また唐突に引き抜かれる。そして背後から、再びウルナスに挿入された。

「んん、くぅ――……っ、あっ、あ！」

肉環をこじ開けられ、入り口から奥までずぶずぶと男根を挿入され、また違う刺激を強引に与えられる。

「ああ、あううっ、こ、こん、なっ……！」

「代わる代わる挿れられて、嬉しいだろう？　君の中も悦んでいる」

「あぁあっ、だめっ、あ――～～っ！」

そんなことを何度も繰り返されて、璉歌の媚肉は痙攣しっぱなしになった。抜かれて、押し開かれて、貫かれる。璉歌は何度か軽く達し、噴き上げる白蜜で自らの下腹を濡らしていた。けれど深い絶頂は得られなくて、もどかしさが次第に募っていく。

「あ、ひ、いぃ――――……あぁあ……っ」

「すっかりできあがったようだな」

恍惚とする漣歌の表情に、キルシュが呟いた。

「ああ、これで仕上げだ」

ウルナスがそれに答える。だが、二人がどういう意味の会話をしているのかは漣歌にはよくわからない。身体の中がぐつぐつと煮えているようで、快感に蕩かされて何も考えられなかった。ただ腹の奥にずっとある満たされないものをどうにかして欲しい。そこを思う様に突いてめちゃくちゃにして欲しかった。

「力を抜いていてくれ。きっと気持ちいいから」

「は、あ――――、ああ、ま、た…っ」

ウルナスに挿入されて、頼りなく宙に放り投げられた爪先がぴくぴくと震える。脚の付け根までじんじんするような感覚に、玲瓏《れいろう》な顔が喜悦に歪んだ。

「イイ顔をしてるな――――。そら、もっと凄くなるぞ」

そして次の瞬間、漣歌の肉体に信じられないことが起こる。

「え、あ――――、ああっ⁉」

ウルナスが入っている場所に、キルシュのものが同時に押し這入ってこようとした。凄《すさ》まじい圧力がかかる感覚に、本能的に怯えが走る。けれど前もって施された媚薬が漣歌の身体の力を抜かせ、その無体を可能にする。

「っ、あ――――っ、～～～～っ」

そこにあるのは、苦痛ではなくて恐ろしいほどの快感だった。男のものが肉洞に二本入っている。みっちりと埋められた体内は、ひくっ、ひくっ、と蠢き、次の動きを待っていた。

「あ、はあっ……、っあ」

いったい何が起こっているのかわからなかった。ただ、後戻りできない予感のようなものが漣歌を包む。これは、これ以上をされてしまったら、本当に自分は変わってしまう。

「や、あ、やめっ…や、こんな、こんなのっ……！」

「すごいぞ。ちゃんと全部食えたじゃないか」

「だから言ったろう？　……君には才能があると」

漣歌は全身に汗を浮かべ、どうにかしてその仕打ちから逃れようともがいた。だがそれは叶うはずもなく、むしろ動けば動くほどに二本の男根はずぶずぶと奥へ入っていき、脳をかき乱すような快感に苛まれる。

「う、そだ、あ、あ……っ」

――――こんなことが気持ちいいだなんて。

「前から汁がダラダラ零れてるぞ」

漣歌の股間のものは刺激に勃ち上がり、その先端から愛液を溢れさせていた。

「そろそろ動いてもよさそうだな。……キルシュ、くれぐれも傷つけるなよ」

「わかってるさ。お前の掌中《しょうちゅう》の珠《たま》みたいなもんだ。うまくやるさ。――そらっ」

漣歌の中で、最初にキルシュがぐぐっ、と腰を突き上げる。

「あひぃいいいっ」

爆発するような快感が漣歌を突き上げた。これまでに上げたことのないような、本能を剝き出しにしたような声が喉から漏れる。

男たちは互いに漣歌を突き上げ、最奥の弱い場所を穿った。泣き所をごりごりと抉られる快感に、漣歌は少しも耐えられない。

「ひ、あ…アっ、ひぃいっ、あ、ひ――……っ、い、いくっ、イくぅぅう……っ！」

自分でもよくわからないままに、立て続けに絶頂が訪れて漣歌は泣いた。肉茎からびゅくびゅくと白蜜を噴き上げる時もあれば、出さずに達することもあった。身体の中で様々な快楽が生まれては全身を駆け巡っていく。

「し、ぬ、あっ死ぬっ、すごい、すごい、ああ――～～っ」

「すごいだろう？　俺たちも締め殺されそうだ――。さあ、もっと乱れてくれ」

ありえないほどの快楽が込み上げ、漣歌の理性が灼けついた。

こんなことをされてしまったら、もう元になど戻れない。自分でも知らなかった欲や、あるいは願望を引きずり出されていく。

「あ、あ、んあああ、ああっ」

体内の男二人が次第に切羽詰まってくるのがわかった。もうすぐ出されてしまう。この腹の中に。

「んぁあ、ああっ、イく、また――――、いくぅぅぅぅ」

「ああ、出すぞ……っ」

「受け止めろ……っ」

璉歌は仰け反り、身体をびくびくと波打たせて、大きな絶頂に呑み込まれた。同時に男二人分の精が内奥に叩きつけられる。その感触が声も出せないほどに気持ちがよくて、広げられた内股が不規則に痙攣した。快楽のあまりの苛烈さと甘美さに、本当に死んでしまいそうだった。

「――――ぁ、あ……あ」

どれくらいの間だったろうか。もしかしたら、一瞬気を失っていたのかもしれない。ふと気がつくと、男たちが息を吐き、荒い呼吸を整えていた。やがて体内から男根が二本、ずるりと引き抜かれる。

「はう、う」

そんな感触にすら感じてしまう。璉歌はこの時、自分の肉体が完全に変わってしまったのだということをぼんやりと自覚した。何か、ひどく淫らな生き物に生まれ変わった、いや脱皮したのだと思った。

「素晴らしかったよ」

ウルナスに首筋に口づけられ、ああ……とため息を漏らす。

抱えられていた両脚がようやく床に下ろされた。だが膝の力がすっかり抜けてしまい、体重のかかった手枷ががちゃりと音を立てる。

「大丈夫か。しっかり立っていろよ。もう一仕事残っているからな」

キルシュが横から支えながら言う。まだ、何かされるのだろうか。

体内に出された二人分の男の精が内腿を伝い、足首のほうまで下りてきた。璉歌はそれを、どこか愛おしいもののように思う。これは今し方私を悦ばせてくれた男のものだ。

「――どうだね、感想は。こんなに素晴らしいものは今まで見たことがなかっただろう？」

ウルナスの声は、目の前に転がされている芦原の男に向けられたものだった。璉歌が重たい瞼を開けると、滲んだ視界にこちらを凝視している男が見える。男は不規則な荒い呼吸を繰り返し、呆然とした表情で璉歌を見ていた。

「――お前、勃起してるじゃねえか」

キルシュが嘲笑うような声を男に向ける。彼の股間は布地を大きく押し上げて隆起していた。

「無理もない。かつての王の、こんな蠱惑的《こわくてき》な姿を見せられたんだ」

「ふ――――ふざけるな！　俺は、俺は……！」

男は否定するように声を荒らげる。だがその響きは上ずっていて、彼が興奮状態にあることを表していた。

「俺は心が広いからな。お前にも彼を抱かせてやろう」

「な――――!?」

ウルナスの言葉にぎょっとした声を返したのは男のほうだった。キルシュが男に歩み寄り、腕の縄を切ってやる。男は立たされ、璉歌の目の前に連れてこられた。

「……れ、璉歌様っ……」

まだ痺れきった思考の中で、璉歌は男を見る。彼は明らかに璉歌に欲情していた。それなら、欲を遂げさせてやらなければ。

「さあ、どうした。今なら好きにしていいぞ。彼の中に入れて吐き出すといい」

畳みかけるようなウルナスの言葉に、男は二、三度大きく喘ぐ。それから絞り出すような声で呻くと、覚束《おぼつか》ない手つきで前を緩め、自分の男根を取り出した。それは天を突くほどに上を向いている。

「れ……漣歌様、漣歌様っ！」

「あぁっ……！」

男は漣歌の片脚を抱え上げると、その双丘の狭間にいきり立ったものを捻じ込んだ。

「ああ、くう――――……っ」

ついさっきまで二本の男根にさんざん嬲られ、精を吐き出されて濡れそぼつ肉洞は、男のものをなんの抵抗もなく受け入れる。だがいったん挿入されてしまうと、嬉しそうに媚肉を絡みつかせ、奥へ奥へと誘《いざな》っていった。

「ああっ、あああっ……」

「漣歌さまあっ……！」

男の稚拙な腰の動きにも、今の漣歌は容易く快楽を得てしまう。蕩けて纏わりつく肉洞を振り切るように突き上げられ、かき回してくる男根はたまらなかった。腹の中が痺れてじくじくと疼く。

「あっ気持ちいぃ……っ、あぁんん……っ」

「漣歌さまっ…！　お慕いしております、漣歌さまっ…！」

男はほどなくして漣歌の内奥に解き放ち、その後もすぐに何度か挑んできた。そしていい加減にしろとキルシュに引き剝がされ、兵士によって城壁の外に追い出される。

「あの男はもう男であれ女であれ、他の人間を抱けなくなるだろうな」

ウルナスは手枷を外されてその場に頽れた璉歌に羽織をかけ、乱れた髪を優しく梳《す》きながら言った。

「君はもはやそういう存在だ。新しく生まれ変わったんだよ」

「……だとしたら、生まれ変わらせたのは、ウルナスだ」

喘ぎすぎて掠《かす》れた声で答えると、彼は優しい瞳で璉歌を見つめる。あれだけのことを強いてきたのに、こちらを見る瞳はどうしてこんなに優しいのだろう。

「俺は君を正しい姿、在《あ》るべき姿にしてあげたにすぎない。今の君が一番美しい」

生き神として崇められるよりも、本能のままに男を食らう姿こそが好ましいと言われても、璉歌はどう反応していいのかわからなかった。

「君はもっと花開く。俺はそれが楽しみだ、璉歌殿」

ウルナスの熱い唇が重なってくる。璉歌はそれを、唇を震わせながら受け止めることしかできなかった。

自分はもう、男に犯されて生きていくしかない。あの日、芦原から自分を助けに来た男の前で二人がかりで嬲られてしまった時から、そんなふうに思うようになった。自暴自棄になったわけでもない。

セックスをするということが、自分の中に根を張ってしまったように思う。種を植えつけたのはウルナスだ。だがそれを花開かせたのは璉歌自身の土壌なのだろう。あれから何人かの客に抱かれたが、客にされる行為は璉歌の肉体を蕩かし、恥ずかしいという感情は容易く興奮に結びついてしまう。きっとこれが堕ちたということなのだろう。

璉歌は今や、『月牢』で一番の娼妓だった。一番というのは、一晩の値段だけではない。その淫らさでも右に出る者はいないという意味だった。

ウルナスは相変わらず、態度だけは優しい。彼は度々璉歌を抱きにくるが、行為の最中、彼が見せる焦げついた執着の色をのぞかせる目が好きだった。あの瞳で見られると、どうしようもなく興奮してしまって我を忘れてしまう自分がいる。

だがウルナスは本気で璉歌を愛しているわけではないだろう。おそらくは、昔手ひどく拒絶してしまったことへの意趣返しだ。

当然だ。堕ちるところまで堕ちた自分を、男が本気で愛するわけがない。愛しく思う相手を他の男に抱かせるわけがないのだ。

そんな男に自分は未練を持っている。自分から手を離したというのに。


「どうした。浮かない顔だな」

行為の後、まだ熱く疼く身体をベッドに伏せている璉歌に、隣で杯を傾けていたキルシュが声をかけてきた。

「客の前でそんな愛想のない顔をして許されるのはお前ぐらいなものだ」

「……媚びを売る娼妓が好きなら他のところに行けばいい」

「ははっ、違いない」

キルシュは気分を害した様子もなくそう笑い飛ばした。

「だが、抱いている時のあんたは誰よりも熱く媚びてくる。最中と素面の時の差が激しいのが璉歌殿の売りだ」

「……」

そんなふうに言われていたたまれなくなる。確かに、行為の最中の自分はあられもなく乱れ、快楽に我を忘れて男にねだるような言葉も態度も現してしまう。それは『月牢』に来てからの数々の調教のせいだ。

「あ、あんなことをされたら……、誰だってそうなる」

「そうでもない。いくら抱かれても、花開かない奴はいるぜ。まあ、そういう奴はそうそうに見切りをつけられてここからいなくなるだけだが」

その後にどんな末路が待っているのかは、キルシュは言わなかった。璉歌もまた、今ではある程度そういったことに想像がつくようになっている。

「なあ、璉歌殿」

キルシュは杯を置き、璉歌の頭を撫でて告げた。

「俺のところに来る気はないか」

その意味するところを一瞬理解できなかった璉歌は、無言でキルシュを見上げる。

「……それは?」

「あんたを身請けしたいと言っている。正式な婚姻はできないが、俺はグラファーの王弟だ。悪いようにはしないぞ。璉歌殿もグラファーは知らない国じゃないだろう」

グラファーは、確かに昔、璉歌が留学していた国だ。そして、そこでウルナスと出会った。

「……本気か?」

「もちろんだ。悪い話じゃないだろう？　大事に可愛がってやる」

「……ウルナスは、このことは」

「もちろん話してあるぞ。あんたがいいなら、と言っていた」

「――――」

ウルナスは、璉歌を手放してもいいと思っているのだ。その時璉歌はそう思った。

（彼はもう、私に飽きてしまっているのかもしれない）

黙り込み、目線を落としてしまった璉歌にキルシュは笑いかけ、唇にそっと触れてきた。

「あいつは俺と気が合うが、悪い男だ」

キルシュが言っているのは、ウルナスのことだろう。

「知っている」

「そんな男を、こんな目に遭ってまで一途《いちず》に思うあんたがいじらしいと思ってな。俺にしておけばいい」

キルシュの言うことは一理ある。自分で納得したこととはいえ、淫売に堕とされてまで優しくされるのは困惑する。いっそ冷たく扱ってくれればいいのに。キルシュの言う通り、ウルナスは悪い男だった。

「返事は急がない。ゆっくり考えてくれればいい」

璉歌が相手をした客の中で、おそらくキルシュは最も璉歌自身のことを考え、よく扱ってくれるだろう。彼のところに行けば、悪いようにはされないのかもしれない。

だが――――。

「――――っ！」

「うおっ⁉」

次の瞬間、璉歌はシーツをはね除け、ベッドから床へと下り立った。衣装箱の中から真新しい衣服を取り出し、手早く身につける。

「どうした⁉」

「ウルナスのところに行く」

璉歌に与えられた衣服は娼妓としてのしどけないものばかりなので、それを隠すように長衣を羽織る。

「おいおい……、マジかよ」

ぼやくキルシュに顔を向け、璉歌は言った。

「すまない。ここの娼妓としての私としては、分をわきまえていない行動かもしれない。けれどキルシュに身請けされるのだとしても、心残りはなくしておきたい」

璉歌が言うと、キルシュは肩を竦めて苦笑する。

さらに続けて、

「あんたのそういうところが好きだよ」

「あいつは今執務室にいるはずだ。隣の中央棟の、一番上の部屋だ」

「わかった。礼を言う」

漣歌は小さく笑いを返して、部屋の扉を開けた。


漣歌は与えられた部屋からほとんど出たことがない。だからこの『月牢』の構造がどうなっているのかよく把握しておらず、キルシュからウルナスの居場所を教えられてもそれがどのあたりなのかわからなかった。

廊下は思ったよりも静かだった。それはこのフロアが、ほとんど漣歌のためだけに用意されたものだからだろう。青緑色を基調としたタイルで彩られた美しい壁が続いていた。

廊下を進んでいくと階段がある。黒い鉄の手すりに摑まりながら下りていくと、ざわめきが近づいてきた。

「――――」

そこは広い通路になっていた。しどけない薄物の衣装を着ているのは、ここの娼妓たちだろう。客と思われる男の腕に腕を絡め、媚びた笑顔でしなだれかかりながら歩いていた。男も女もいる。

「……えっ」

そんな彼らの一人がこちらに気づき、驚いたような声を小さく上げた。その娼妓の客も璉歌を見て大きく目を見開く。それはこの場にいる者たちに次々と伝播して、璉歌は今やこの場の視線をほとんど集めてしまうまでになっていた。その状況にいささか面食らってしまった璉歌だったが、奥に男衆の姿を見つけ、すたすたと歩いていく。璉歌が足早に通路を横切ると柔らかな長衣の裾が翻り、長い黒髪が靡《なび》く。そこから振りまかれる馥郁《ふくいく》たる香りは、近くにいた者を陶然とさせた。

それもそのはずだった。璉歌はこの『月牢』で最も位の高い娼妓なのだ。苦界に堕ちたとはいえ、その気品はいささかも失ってはおらず、むしろ凄艶さが増している。璉歌自身は知るよしもないが、王族としての気高さと淫猥さが同居しているその姿は、免疫のない人間にとっては目に毒ですらあるのだ。

「――れ、璉歌様っ!?」

璉歌が間近にいることに気づいた警備担当の男衆は、ひどく驚いた様子を見せた。

「ウルナスに会いたい。執務室にいると聞いた。それはどこにある」

「璉歌様、何故ここに――。今夜はキルシュ様のお相手では」

「それはもう済んだ。ウルナスに会いたい」

「いけません、お部屋にお戻りください。ウルナス様には後ほど……」

「今だ。今ウルナスに会いたい。取り次げとは言わない。場所さえ教えてくれればいい」

漣歌は一度目を伏せ、それから瞼を上げて男衆を見た。

「そなたが叱責を受けることのないよう、ウルナスには取りなそう。私の願いを聞いてはくれないか」

「あ――――」

正面から漣歌にひた、と見据えられ、男衆は魅入られたように口がきけなくなった。やがてその右手が、少し先にある階段を示す。

「――――ウルナス様は、あの階段を上がった先、五階の奥の部屋におられます。この鍵をお持ちください」

男衆は銀の細い鎖のついた鍵を漣歌に手渡した。

「そちらが執務室のある通路に入る鍵となります」

「そうか」

それを受け取り、漣歌は男衆に対して微笑んだ。

「感謝する」

男衆は漣歌に鍵を渡したままの姿勢で固まっている。漣歌はもうそれには構わず、教えられた階段を足早に上がっていった。そして漣歌の姿がすっかり見えなくなるまで、その空間は時が止まったようになっていた。

執務室に通じる階段を上がると、そこもやはり喧噪《けんそう》から遠ざかっていた。左右を見回すと、左手に閉ざされた扉が見える。おそらくはその先がウルナスの執務室に通じる通路なのだろう。

手渡された鍵を使うと、小さな手応えと共に扉が開いた。その先は、薄暗い通路になっている。廊下を進むと、突き当たりに扉が見えた。おそらくはここで間違いないだろう。

扉の前で立ち止まった璉歌は、ひとつ息をついた。

この奥にウルナスがいる。

そして自分は、彼に問いただしに来た。

――そのことになんの意味があるのか。

自分でも思う。ずいぶん衝動的に飛び出してきてしまったと。およそ、これまでの自分からは考えられない行為だ。

だが、どうせ手放されるのなら。

もう二度と、希望など持てない状態にしてもらいたい。

璉歌は右手を上げ、二回ノックをした。

「入れ」

返事はすぐにある。取っ手を握り、扉を開けた。

そこは落ち着いた色でまとめられた執務室だった。壁には趣味のいい絵が飾られ、嫌みのない程度に調度が整えられている。そして奥の壁側に机があり、そこにウルナスがいた。

彼は書類に目を落としたままで璉歌に気づいていない。

「どうした。何かトラブルでもあったか」

視線を下げたまま言う彼に、璉歌は部屋に入って扉を閉めた。彼は部下が入ってきたものだと思っているようだ。

何も返事がないのを不審に思ったのか、ウルナスが顔を上げる。その瞬間に顔に張りついた表情を見て、この男もこんなに驚いたりするのだなと感じた。

「璉歌……⁉　どうしてここに」

璉歌は真っ直ぐにウルナスに歩み寄っていく。そして彼が手にしている書類を取り上げ、机の上に放り投げた。

「どういうことなのか教えてくれ」

「何がだ？」

「私をあの男のところにやるつもりなのか」

「あの男？」

「キルシュのことだ！」

「キルシュ？　何故あいつが出てくるんだ？」

どうも話が伝わりづらい。璉歌にとってキルシュに身請けされるということは一大事ではあるのだが、そのことについてウルナスとの温度差を感じずにはいられなかった。無性に悲しくなる。

「キルシュが言っていた。私を身請けするつもりなのだと……」

璉歌がそう言った時、ウルナスの目の色が変わった。

「まさか、奴は本当にそう言ったのか？　君に⁉」

「……言った」

ウルナスの反応を訝《いぶか》しみながら答えると、彼は突然立ち上がって璉歌の腕を掴んだ。痛みを覚えるほどに、強く。

「君はなんと答えたんだ」

「つっ…」

「なんと答えたんだ、璉歌！」

いつも余裕のある言動をしているウルナスにこんなことをされたのは初めてで、璉歌は少し怖くなった。

「痛い、離せ！」

思わず璉歌が身じろぐと、ウルナスははっとしたように手の力を緩めた。彼の腕から逃れた璉歌は、赤くなった肌を摩《さす》りながら零す。

「乱暴なことをするな。大事な身体なんだろう、これは」

「……すまない」

ウルナスは感情的になった自分を恥じるように自分の手を見つめた。

「君がなんと答えたのか気になりすぎて」

璉歌は戸惑いながらも彼に告げる。

「返事はしていない。その足でここに来たから」

そう言うと、ウルナスはそうか、と、どこかほっとしたような表情で呟いた。その反応にむしろこちらが動揺してしまう。今のはまるで、璉歌がキルシュの元へ行ってしまうのは嫌だと言っているようにも思える。

「そういえば、どうしてここに入ってこられたんだ？」

「下の男衆に聞いた。その時に鍵ももらった。……ああ、それは私が悪いから、その者に責はない。咎《とが》めないでくれ」

「もらった……？」

ウルナスはまじまじと璉歌を見つめ、やがて脱力するように大きく息をついた。そんな彼を見るのも初めてで、思わず困惑してしまう。

「まあいい。こちらへ来てくれ」

手を引かれ、執務机の背後の壁にあった扉をくぐる。そこはウルナスの居室になっているようで、生活に必要なものが一通り揃《そろ》っていた。ここに住んでいるのか。璉歌は物珍しさにあたりを見回した。

「君の部屋よりは質素だろう？」

言われてみれば、メトシェラの総督が住まう部屋にしては、いささか機能的にすぎるような印象はあった。彼はここで何を思い、どのように生活をしているのか。

「外がきらびやかだからね。一人の空間はこのぐらいのほうが落ち着く」

促されてベッドの上に腰を下ろすと、ウルナスがその隣に座る。今更ながらに鼓動が大きく高鳴った。

「その」

璉歌はおずおずと口を開く。

「私の、誤解だったということか……？」

キルシュが璉歌を身請けするという話は通っていなかった。では何故、彼はあんなことを言ったのだろうか。

「奴は俺がどれだけ君に執心しているのか知っているはずだ。俺がそんなことを了承するはずがないということもね」

だが、と彼は続ける。

「君がうんと言えば、それを盾に身請けを迫ってくるつもりだったのかもしれない。奴もまた、君に心を奪われた者の一人だから」

「……」

璉歌にはどうしてもわからないことがある。

「私のような者には、人の思いというものはよく理解できないのかもしれない。物心ついた時から、周りの人間は私の気持ちや望みを忖度しようとした。私の要望はりして叶えられることが多かった」

だからこそ、璉歌は多くの民を幸福にしようと努力してきた。自分が与えてもらったのを、他の者には分け与えたいと。

残念ながらその願いは、途中で潰《つい》えてしまったのだが。

ウルナスという男は、璉歌にはよくわからないことばかりだった。それでも彼に何故か惹かれてしまうのは、この男が璉歌を璉歌として見てくれたからかもしれない。王の璉歌には、誰も触れようとはしてくれなかったから。

けれど、ウルナスはこの身を他の男にも分け与える。だから、彼にとってはその程度の存在でしかないのだと思っていた。他人にくれてやっても構わない存在なのだと。

「お前の言うことはよくわからない」

璉歌は声を震わせながら言った。

「ウルナスは私を娼妓として泥沼の底まで落としながら、私を好きだという。その度に困惑する私の気持ちを考えたことがあるのか」

「璉歌」

「今もそうだ。私を淫売として扱っているくせに、手放すのを惜しいなどと言う」

箱入りで育ってきた璉歌には、この男が考えていることが理解できなかった。

「私を淫売として扱え。飽きたならそのように言え」

俯《うつむ》くと長い髪が顔にかかり、璉歌の表情を隠す。そうすると涙を浮かべていることが隠せて都合がいいと思った。

だが再三そう言っているというのに、ウルナスは両腕で抱きしめてくる。

「離せ」

「すまないが、それはできない」

彼の言葉に唇を噛んだ。優しくされる度に胸が締めつけられる。

「が、君にはすまないことをしたと思う――。こうでもしないと、君は俺のってくれない。そして君を咲かせることもできない」

ウルナスの手が璉歌の髪をかき上げる。濡れた頬を優しく撫でるその指の感触はひどく柔らかいものだった。

「初めて出会った君は――――王として生きようと覚悟を決めていた頃で、その期待に応えようと一生懸命だった。俺はそんな君がひどく健気で、可愛いと思ったよ。同時にかわいそうだとも思った。このまま、俗な人間としての悦びも欲も何も知らずに生きていくのかと」

漣歌が国に帰ってからも、ウルナスはずっと漣歌のことを考え続けていたと言った。

「そして君に手ひどく振られた時に、俺の心は決まった。どうにかして君をあの国から引きずり出してやろうと」

そして芦原がレベリアからの侵攻を受けた時に、漣歌の身柄を引き受けるということをレベリア側に打診した。

その言葉を聞き、漣歌は声を震わせる。

「そこまでして、何故……、それほど私が憎かったのか」

「違う。逆だ。君を愛していたから。だから俺のテリトリーの中に囲って、閉じ込めてしまいたかった」

ウルナスは声を潜め、甘い響きでそんなことを言う。漣歌の夕陽の色の瞳が見開かれた。

「この街は俺の一部だ。いや、俺がこの街の一部であるのかもしれない。その中でなら、君が他の男に抱かれようが我慢できる。それどころか興奮する」

ウルナスの言葉が次第に熱を帯びてきていた。

「俺は今の生活が気に入っている。君をこの街から出すものか。君だって、今の生活は嫌ではないだろう?」

「な――――」

そんなことはあるものか。私がここにいるのは義務感からだ。

蓮歌はそう言おうとした。だが、言葉が出ない。ウルナスの言うことが、正しかったからだ。それに気づいた時、蓮歌は少なからずショックを受けた。

「……わ、私は、自分がこんな欲深い人間だったとは」

ここで与えられる快感は蓮歌にとってなくてはならないものになっていた。相手が誰であろうとも、快楽に弱い部分を執拗に刺激される行為には抗えない。身体どころか、心までも蕩けてしまう。それがウルナスに与えられるものであれば、格別だった。

「認めたくない。こんな、こんな……っ」

「いいんだよ」

ウルナスの低い声に、脳が蕩かされる。

「自らの欲に悶える蓮歌もまた美しい。この街は君の欲求を満たすためには都合がいいはずだ。気の済むまで利用すればいい。この街も、俺も」

ウルナスが耳元でくつくつと笑った。その響きに、頭が陶然となってくる。蓮歌の中で目覚めた淫猥な獣が、彼に愛されることを望んでいるのだ。彼の好きなやり方で。

「これからも君にふさわしい客を選んであげよう。漣歌をたっぷりと悦ばせてやれる客たちを」

「――――」

その時のことを想像し、漣歌の身体の芯が鈍く疼く。

「だが、一番悦ばせてやれるのは俺だ」

「んんっ……あ」

口づけられて、身悶えしてしまう。舌の表面をれろりと舐め上げられて、思わず太腿を擦り合わせた。

「俺の前では取り繕わなくていい。そんな君だから興奮する」

「……っ本気にするぞ……」

「もちろん本気だ」

「お前という男は、本当にわけがわからない……っ」

「少なくとも君の前ではわかりやすい男さ」

漣歌は目を開ける。すると至近距離にウルナスの整った顔があった。真っ直ぐに漣歌を見つめてくる、情欲に染まった瞳。

「やっと手に入れた。君は俺の、夢の国の王だ」

ここは君の王国だと言われ、漣歌の瞳から涙が流れた。

欲を知らない生き神などではなく、奔放に振る舞えばいい。

そんなふうに言われて、身体中が震えた。


「……ところで、無謀にも俺の部屋に飛び込んできたということは、何をされても文句は言えないということだな」

「あ……っ」

そのままベッドに押し倒され、脚の間をまさぐられる。ウルナスの行為に身を任せようと、身体の力を抜きかけた璉歌だったが、ふとあることを思い出してぐっ、と彼の両肩を押した。

「ま、待て、あっ」

「んん？　どうした」

首筋に何度も口づけられて、上体がひくひくと震える。

「そのままなんだ」

「何が？」

「キルシュの相手をしてから、湯を使っていない……」

そうだ、自分は他の男と寝た直後に、身体も洗わずにここに来たのだ。あまりにも恥ずかしくて、縮こまりそうになる。

「……前に俺たち三人でしたろう。別に俺は構わないが……」

「今日は嫌だ」

漣歌が頑《かたく》なに拒むと、ウルナスがふっ、と表情を緩めた。次の瞬間にふわっとした感覚に襲われたかと思うと、彼に抱き上げられていた。

「承知したよ、我が君」

彼は部屋を横切り、その奥の扉を開ける。するとそこには、バスタブと湯が使えるポンプがあった。

「ここも君の部屋の湯殿には及ばないがね。いつでも湯を使えるようにしてある」

こういった施設は、すぐに風呂に入れることが重要なのだ。ウルナスはそう言った。

蛇口からは勢いよく湯が出て、バスタブにみるみる溜まっていった。

「お尻をこっちに向けて」

ウルナスの言う通りにすると、双丘が押し開かれる。

さっきまでキルシュの男根を挿れられていたせいでまだ綻《ほころ》んでいるそこに、ウルナスの指がそっと入れられた。

「んんっ……」

肉環をこじ開けられる感覚に、甘い吐息が漏れる。ウルナスに中を広げるようにされると、キルシュの精液がとろりと溢れて出ていった。

「は、あ、あんっ……」

「もう少しじっとしていてくれ。かき出すから」

「んっ、んっ……」

自分で望んだこととはいえ、媚肉に絡みつくような精を擦り取られるような感覚は璉歌の肉体を悩ましくさせた。

「こら、あまり締めつけるな」

「あ、だ、だって……っ」

ウルナスの指は、くちゅくちゅと音をさせながら璉歌の粘膜を擦っている。時折その指先が弱い場所に触れて、その度に璉歌の膝ががくりと折れそうになる。

「わ、わざと、やって……っ」

「バレたか」

笑いを忍ばせた声が背後から聞こえる。睨もうと振り返った瞬間、顎を掴まれ深く口が合わさった。

「ん、ん、ふぅ、う……っ」

後ろを弄られながら舌を吸われ、頭の中がかき乱されそうになる。その卑猥さに興奮し

てしまって、璉歌は舌を突き出し、彼の舌を吸い返した。中で蠢く彼の指を締めつける。

「……っふ、可愛いね、好きだよ」

「あ、ぁ……んんっ」

「した後だっていうのに、俺の指をすごくきつく食い締めてくる」

「や、あっあっ、あっ」

　届く限りの奥で指先を小刻みに動かされて、たまらなくなって尻を揺らす。濡れた黒髪が打ち振られ、艶めかしい肌に張りつく。

「イきたい？」

「ん、ん……っ」

　優しく囁かれて、こくこくと頷いた。背後で小さく笑う気配が伝わってくる。

「ウルナス……っ」

　甘えるように腰を擦りつけた。意識してやった媚態だが、彼に通用するのかわからない。だがウルナスは璉歌の前に手を回してきて、肉茎を握り込んできた。五本の指でぬるぬると扱かれる。

「ああっ……、んっ」

　前と後ろを同時に責められて、喉を反らした。そんなことをされると、すぐにイってしまいそうになる。くちゅくちゅという音が、自分の前と後ろどっちから響いているのかよくわからない。

「あ、はっ、あぁっ」

気持ちいい。腰が震える。

敏感なところを撫でてくる指先に蕩けそうになりながら、璉歌は与えられる快感を素直に享受した。ウルナスの愛撫は巧みで、たちまち追い上げられる。彼も焦《じ》らすつもりはないようで、璉歌の首筋を吸いながら追いつめてきた。

「――ああ…、んっ、ふぁ、あ…ぁっ、あぁぁぁ……っ！」

がくがくと腰が揺れ、ウルナスの手の中に白蜜が弾ける。絶頂の波が身体中に広がって、上体ががくりと落ちた。後ろからずるりと指が抜ける。

「――よし。綺麗になったぞ」

力の抜けた身体を再び抱え上げられ、璉歌はベッドの上に降ろされた。濡れた服を脱ぎ捨てたウルナスが覆い被さってくる。口づけてくる彼の背中に手を回し、抱きしめた。

「んん……ぅんっ…」

「……璉歌」

ウルナスが呼びかけてくる。もう何度も呼ばれているが、呼び捨てにされたとしてもいっこうに気にならなかった。

「君の身体の中で、まだ躾けていない孔がある」

「……え……？」

「俺の手で気持ちよくしてやりたい。いいだろう？」

「……」

思えば、璉歌が他の男と寝ようとも、この身体はウルナスによって最初に調教されているようなものだ。男衆からのものは、快楽の上乗せに過ぎない。

「……ウルナスの好きにすればいい」

「ありがとう」

額に音を立てて口づけられる。彼は近くの物入れから小箱と縄を取り出した。

「暴れると危ないから縛るよ」

「あうっ」

有無を言わさずに後ろ手に縛り上げられ、更に足にも縄をかけられる。両方の膝頭を動かないように固定され、両膝を曲げた状態で、大きく開いた格好になってしまった。

「ああっ……」

「可愛い格好になったな」

身動きのできないままの恥ずかしい姿勢に、身体がカアッと熱くなる。そこにウルナスの視線を感じて、否応なしに呼吸が乱れていった。興奮しているのだ。

「どこの孔を躾けられるかわかるか？」

「う、後ろ……?」

答えると、ウルナスはおかしそうに笑って後孔を撫で上げてきた。

「ここはもう開発済みだろうが」

「ああっ」

そのまま指が肉茎を辿る。裏筋からくびれの部分まで来て、先端をそっと撫で上げた。

「ここにあるだろう。小さくて可愛い孔が」

「あっ、んっ!」

蜜口をくりくりと弄られ、鋭い刺激が走る。璉歌は思わず腰を浮かせてしまった。まさか。そんなところをどうやって。

「ど、どうするつもりだ」

「痛くしないから安心していろ。ただ少し刺激が強いからそのつもりでな」

「……っ」

さわさわと肉茎を撫でられて身体がぞくぞくする。怖くないと言えば嘘になるが、これまでウルナスがしたことで苦痛に思うことはほぼなかった。

「ま、かせる」

「いい子だ」

ちゅっ、と唇を吸われ、璉歌は目元を朱に染めた。ウルナスが手元の箱を開ける。そこには細長い硝子の瓶と、銀色の棒状のものが入っていた。棒状のものは、よく見ると直線ではなく、緩やかに波打っている。彼はその棒状のもの――――淫具を、細長い硝子瓶の中に差し込んだ。引き抜くと、その液体にはとろみがあるのか、糸を引いていた。

「もうわかっているだろう？　こいつは媚薬入りのぬめり薬だ」

ウルナスは掌にも出したそれを、璉歌の肉茎の先端に塗りつけ、そのまま掌でぐちゅぐちゅと刺激した。

「んん、はっ！」

腰を突き上げられるような快感が走る。鋭敏な部分をねっとりと可愛がられ、それだけで下半身の震えが止まらない。足の付け根を痺れさせる刺激に身を捩った時、それがふいになくなった。

「あ……っ」

「本番はこっちだ。じっとしていろよ」

気づけば淫具の先端が蜜口の入り口に押し当てられている。本当にそんなものが入るのかと思った時、それがぐりぐりと蜜口を穿ってきた。

「――――ああ、ひっ！」

暴力的な刺激がその部分に走る。身体の中を雷が貫いたようだった。だがその雷は、璉歌の体内で熔け、愉悦となってじくじくと広がっていく。

「あっ、あ――っ、あっ！」

「動くなよ」

「そ、な、ひぃっ…ひっ」

信じられないことに、淫具の先端は少しずつ琏歌の精路に入っているようだった。ウルナスは琏歌の様子を見ながらゆっくりと淫具を挿入し、時折その先端をとんとんと叩く。

「ああっ！　……っん、ふ、う、くうぅっ……！」

「どうだ。響いて気持ちいいだろう」

「ああっ……あぁぁっ……！」

ウルナスが送り込んでくる振動が腰の奥にまで響いた。それは腰骨を痺れさせ、腹の奥にまで浸透してくる。あまりの快感に足の爪先がぎゅうっと内側に丸まった。淫具がまた少し中に埋まる。

「うあっ……あぁぁあぁ…っ」

琏歌の背がシーツから浮いた。緊縛された肢体がギシッ、と音を立てる。まるできつく抱きしめられているような感覚に頭の中が沸騰した。

「あ、あ――――だめっ、あぁぁあ」

とっくに達しているような快感なのに、精路をみっちりと塞がれているために射精がままならない。苦痛の代わりにそのもどかしさが琏歌を苦しめた。

「あと少しだ。がんばれ」

「そん、な――――、あっああっあっ！」

紅潮した身体が汗に濡れる。唇を震わせてよがるその姿を、ウルナスが見惚《みと》れるように見つめていた。

「君が縛られてどうにもできずに啜《すす》り泣く姿を見ると、何もかも放り投げて君にすべて捧げてしまいたくなるよ――――。きっと他の男も同じだと思う」

「な、に――――、んんぁぁあっ」

また少し深く入れられて、縛られた足ががくがくとわななく。口の端から唾液が零れて伝った。

「あ、熱い、腹の奥、熱――――」

「イきそうになっているんだ。そのまま気をやってごらん」

璉歌は嫌々と首を振る。できない。そこに挿入っていたら、イけるわけがない。

そんなふうにぐずっていると、ウルナスは淫具を璉歌の精路の中で、突如ぐるっと回した。

「――――あ！」

腰の奥で滞っていた快感が、弾ける。

「あ、ア、あ、あぁぁあ――――～～っ、～～～～っ！」

全身にぶわっ、と快楽が広がった。射精を伴わないそれをどう受け止めていいのかわからない。ただ身体を反らし、ひくひくと痙攣させているしかなかった。強烈な快楽の波はなかなか退いてくれずに嗹歌を嬲る。

「ほら、このままイけた――――。君は本当に覚えがいい」

「は、ぁあ、お、終わらな…っ、イくの、おわらないっ……！」

いつまでも絶頂が途切れない感覚に陥った嗹歌は、啼泣しながら訴えた。だが彼は優しい手つきで乱れた髪を撫で上げ、首筋に戯れるようなキスを落としてくれるだけだ。

「イくのは好きだろう？」

「ああ、や、いやだ。こわ、いぃ……っ」

いい加減慣れたと思ってはいたが、まだ経験したことのないような快楽があった。こんなものを感じてしまったら、自分はまた変わってしまう。

「怖くはないよ。俺が見ていてやる」

また淫具が中に沈んできた。今度は先端が小さく揺れながら入ってきて、その度にずん、ずん、と重い快感が走る。

「は、ひぃっ、ひ、ぃ――――〜〜…っ」

「だいぶ慣れてきたな。もう少しだ――――」

「あんっ、んっ、んんんっ、――――あ、あっ⁉」

淫具の先端が『そこ』に触れた途端、さっきよりもさらに大きな快感がやってきた。今度はウルナスは淫具を動かしてはいない。それなのに、震えが止まらない。

「ここが一番気持ちのいい場所だよ。これ以上は入れない。たまらないだろう?」

「はっ――――、ひ…い……っ」

身体の内側で快感が次々に爆ぜているようだった。頭の中がぐちゃぐちゃに蕩けて、何も考えられない。

「俺が一番君に快楽を与える男でありたい」

ウルナスはそう囁くと、淫具を呑み込んでいる蜜口のあたりにねっとりと舌先を這わせてきた。漣歌は泣き喚きたくなるような快感にひいひいと声を漏らしてしまう。

「ふぁあ、あぅ……んっ、あっ、きもち、い……っ」

「俺にされるのが好き?」

「んうっ、す、すき…好きだ……っ、おまえ、になら、なに、されても……っ」

興奮に蕩けた頭は、漣歌にあられもないことを言葉を吐かせてしまう。だがそれは剝き出しの欲であり、漣歌の中の正直な部分だった。

「こ、こ…し、熔けて……っ、ああっ、いいっ、イくっ、またいくぅぅう……っ!」

下半身が自分のものではないような快感に侵され、ぐぐっ、と尻が持ち上がった。広げられ、露わにされた後孔の入り口がひくひくと収縮している。

「嬉しいよ璉歌。俺がずっと悦ばせてやるから」

だからここにいてくれ。

そう告げられて、璉歌は何度も頷いた。嬉しい。これほどの情欲をぶつけられて、璉歌は嬉しかったのだ。

「ご褒美に出させてあげよう」

淫具が少しずつ引き抜かれていく。だが過敏な精路の粘膜を擦られるのは、挿入される時と同じく、璉歌を狂乱させた。しかも彼は抜くと見せかけて時折また沈めてくる。その度に璉歌は悲鳴じみた嬌声を上げ、長い黒髪を振り乱すのだ。

「ああ……ああっ、ああっ、も、いじめないで、ぇ……っ、きもちいいの……、つらい……っ」

「もう少しで抜けるよ。我慢しておいで」

我慢なんかもうできない。そう言っているのに、ウルナスは優しい手つきで追いつめてくる。

「はっ、ひっ！」

だがようやっと精路が解放された時、忘れかけていた感覚がカアアァッと込み上げてきた。

「さあ、思い切り出すといい」

射精できる。そう思うと少しも耐えられなくなって、璉歌は切れ切れの嬌声を上げながら白蜜を噴き上げた。

「あ────あっ、あぁぁぁあっ、～～～～っ」

長い間留められていたそれは、びゅくびゅくと音を立てそうに吐き出されていく。自分の下腹を濡らしていくそれをどうしようもなく、璉歌は腰が抜けそうな絶頂にただ喘ぎ泣くしかなかった。そんな璉歌を、ウルナスは愛おしそうな目で見つめている。

こんなはしたない私を、彼は呆れないでいてくれるのだ。

璉歌をこんな色地獄に堕としたのがまさにウルナスだということはわかっているのに、彼が受け止めてくれると思うとひどく安堵してしまう。

「どうだった？　よかっただろう。……よくがんばったね」

「あ、んぁ……っ、さ、さわら、ないで……っ」

苛烈な快楽責めを受けた肉茎を労《いたわ》るように撫で上げられて、璉歌は声を震わせた。これ以上はないというほどに敏感になっているそれは、優しく触れられただけでもひどく感じてしまう。

「し、死ぬかと……思った。気持ち、よすぎて……」

素直な言葉を返すと、彼は優しく微笑んで璉歌の涙に濡れた頬に口づけた。

「それなら、またしてあげよう。お客様には……どうかな。ちゃんとできる人なら許してやってもいいが」

こんな時にも彼は璉歌を他の男に抱かせる話をするが、璉歌にはもうわかっていた。ウルナスの璉歌に対する執着は、そのこととは関係ないのだ。

彼は璉歌をこの街から出さない。璉歌はここにいる限りウルナスのものなのだ。

ウルナスは璉歌の膝を縛っている縄を解いた。緊縛の痕がついてしまった足に唇を寄せ、摩りながら舌を這わせる。

「ああ……」

心地よさに思わず声が出た。足の先からぞくぞくして、また身体が熱くなる。

「ああ……ん、あう……っ」

上体はまだ縛られたまま、乳首を指で転がされ、もう片方は口の中で吸われた。すっかり敏感になったそこは、ほんの少しの刺激でも我慢できない。

「あ、あ、あうっ…、そ、そこぉ……っ」

乳暈ごとちゅるちゅると吸われ、また指先で何度も弾かれると、腰の奥がずくずくと疼いた。

(身体がおかしくなっている)

今の璉歌は愛撫されればあまりに容易く達してしまう。自分がこんな淫らな質《たち》だとは思ってもみなかった。だが璉歌は今の自分が嫌いではない。素直に心と身体の欲求のままに生きることができるからだ。そしてそれを導いてくれたのはウルナスだ。

「ああ……い…く、こんなの、すぐ、イくぅ……っ、っあ、あっ」

乳首に優しく歯を立てられた時、上体がびくん！　とわないた。乳首と腰の快感が繋がり、全身が甘く痺れる。璉歌はひくひくと仰け反りながら、乳首を虐められて達してしまった。

「はあ、ああ……っ」

「…っふ、まだ挿れてもいないのに、こんなになってどうするんだ？」

「ウルナスだ……。ウルナスが、こんなに、した……」

「ああ、そうだね」

それからようやっと、上体を縛っている縄が解かれる。璉歌の両腕はもう力が入らなかったが、抱きしめられるままに彼の背中に腕を回した。身体に触れる彼のものは、もう鋼のように硬く熱くなっている。

「俺を君の中に入れてくれ」

双丘を割られ、肉環の入り口に先端を押し当てられた。別の生き物のように収縮する場所にずぶずぶと捻じ込まれ、腰骨が熔けそうな快感が湧き上がる。

「んぁああ、ああぁぁあ」

挿入されるだけで軽くイってしまった。ウルナスはもう手心を加えずに奥まで一気に自身を捻じ込む。満たされてしまって、璉歌は感じ入った吐息を漏らした。

「……すごいな。吸いついてくる」

漣歌の中は先ほどまでの責めによってうねり、欲しがり、ウルナスのものを思う様しゃぶっている。そこを負けじと突き入れられ、じゅぷっ、じゅぷっ、と音がするほどに抽送されるともう駄目だった。

「んんん、あああう」

総毛立つほどの快感に抗えない。ウルナスに突き上げられる度に、漣歌は背中を反らし、泣きながら喘ぐ。

「あ……っ、あ……っ」

腹の中がきゅうきゅうと疼いて、中のものを勝手に締めつけてしまう。そしてその度に媚肉が激しく刺激されてしまうので、漣歌は内腿をぶるぶると痙攣させながら快感を味わった。

「君は最高の存在だよ、漣歌――」

こんなにも淫らで、こんなにも美しく気高い。

「君みたいな子は、世界に二人といないだろう」

ウルナスはそう言うが、彼とてただ一人の存在だと思う。けれどそれを伝える術を、今の漣歌は持たなかった。

「ううっ、ああっ、ああっ」

奥で動かれると、媚肉が纏わりついてぐぽぐぽと音がする。それを振り切るような律動に指先まで甘く痺れてしまって、シーツから浮いた背中がぶるぶると震えた。

「璉歌――――、この奥に、もっと入りたい」

「ああぁあっ、やっ……、こじ開け、ないでっ」

腹の奥に彼の先端が当たるところがあって、そこを突かれるとじゅわじゅわと快感が広がる。

「ああ、や、これ以上――――、気持ちよくなった、ら」

「君なら大丈夫だ。きっと気に入るよ」

璉歌が本気で嫌がっていないのをわかっていて、ウルナスは璉歌の内腿を更に開いて腰を押しつけてきた。もっとも深い場所にぐぐっ、と圧力がかかり、その瞬間に腹の中が痺れる。

「ふあ、ア!」

「さあ、俺を、奥の奥まで受け入れてくれ――――」

先端をぐじゅっ、と押しつけられ、閉じられていた場所が最後の抵抗を諦めてこじ開けられる。

「あ――――あ、――――～～～っ」

自分でどんな声を上げているのかもわからなかった。そもそも、それすらも出せなかったのかもしれない。身体が浮き上がってしまうような多幸感と、指先まで侵されるような甘い痺れ。それらが一気に身体の中から湧き上がってきて、思考が一瞬で白く染まった。

「……ふう……」

ウルナスは自身を最後まで入れてしまうと、満足したように深く息をつき、璉歌の片脚を抱え上げた。

「んくううっ」

腰が半分回って、互いの下肢を交差するような体勢になる。璉歌のなめらかな下腹がその動きに刺激されたようにびくびくと震えた。

「いくぞ――。たっぷり味わえよ」

「あ、は、だ、だめ、ぇっ、そこっ、あううう――…っ」

ウルナスが腰を押しつけたまま、円を描くように動く。そうすると彼の先端が璉歌の一番駄目なところをごりごりと刺激して、死にそうな快楽に襲われるのだ。

「んっんっあぁぁぁあ……っ」

内股に痙攣が走り、璉歌は達してしまう。だが、その極みは終わらない。あまりの気持ちよさに美しい顔を涙と汗と唾液で濡らした璉歌は、凄艶な表情でよがった。

「ひ、あぁ――…っあ、い、イってるっ、そこ、すぐイくからぁあ……っ、ゆるし、許してえ……っ」

誇り高い璉歌が身も世もなく許しを乞う。それほどの快感だった。

「残念。許してはあげられないんだよ」

声の響きは優しいのに、容赦のない律動が璉歌を翻弄《ほんろう》する。肉洞を穿つ音が次第に大きくなっていた。ウルナスが腰を打ちつける度に響く、耳を覆いたくなるような淫らな粘膜の立てる音。

「……っは、璉歌……っ、気持ちいいかい？」

荒い息を吐きながら追いつめてくるウルナスに泣きながら頷く。

「ああ、あ……っ、きもちいいっ、そこ、すごい……っ」

「いい子だ。ここも触ってあげよう」

ウルナスの手が璉歌の股間で反り返っているものを握り、くちゅくちゅと扱き立ててくる。奥の快感だけでも耐えられないのに、そんなことをされればもう完全に理性が熔け崩れる。

「あ、あぁぁあ――～～っ、い、いぃ……っ！」

「君はここをいたぶられるのが好きだからな」

「ああっあっんっ、す、すき、そこっ、いじめてっ、んぁぁあああ」

先端を指の腹でぐりぐりと嬲られ、背中を反らしながらシーツを引きちぎらんばかりに鷲摑《わしづか》みにした。後ろと前の快感が混ざり合い、脈動に合わせて快楽の波が体内を駆け巡る。

「璉歌……、中に、出すよ」

「んんぁあ、だして、いっぱいぃ……っ」

もはや覚束なくなった口調でウルナスにねだった。この身体の奥に、熱いものをたくさん出して満たして欲しい。所有され支配される悦びへの期待に、璉歌の全身が震えた。

「君は俺のものだ、璉歌――…」

腹の奥で、どぷっ、という感覚が広がった。ウルナスの精が最奥にぶちまけられ、注がれる。

「あっ、あっ、〜〜〜〜っ！」

来た。

中に出されて、腹の奥から脳までぞくぞくと官能の波が駆け上がってくる。全身がバラバラになってしまいそうな絶頂に呑み込まれ、息もできなかった。

ひくひくと全身をわななかせながら、璉歌は自分の上に覆い被さってくるウルナスに、力の入らない腕を回すのだった。

指一本動かすのも億劫なほどの気だるさが身体中を包んでいる。ウルナスの男根が抜かれた後孔もじんじんとして、まだ何かが入っているようだった。

「大丈夫か？」

汗で額に張りついた髪を、ウルナスがかき上げてくれる。

「……私は、お前のものになったのか？」

少し掠れた声で訊ねると、彼は少し驚いたような顔をした。それからおかしそうに口の端を引き上げる。

「少し違うかな」

「……？」

璉歌は不思議に思い、ウルナスを見上げた。

「君はこのメトシェラに君臨する王だ。そして、俺はこの街の一部ということは。

「俺が君のものになったんだよ」

まだ甘い痺れを残す肩口に口づけられる。

璉歌はその感触に、微かに微笑んだ。

「────ようこそ。『月牢』へ」

璉歌はベッドに座り、入ってきた客にゆったりと微笑む。

今日の客はどこかの国の宰相だと聞いた。この街にはやんごとなき身分の人間がお忍びでやってくることも多い。璉歌の客には主にそういった富裕層が宛てがわれる。

客が入ってくると、反応はだいたいいつも似たりよったりだ。璉歌の姿を見るや、本当にあの芦原の璉歌王なのかと、呆然とした目でこちらを見つめてくる。

「その璉歌だから、私を買ったのではないか」

そう言うと客ははっとしたような顔をして、それから淫猥な表情を浮かべてベッドに近づいてくるのだ。

璉歌はこの時点でも何もしない。他の娼妓ならば客に酌をしたり、あるいは服を脱がせたりもするのだろうが、君は何もするべきではないとウルナスにも言われている。

璉歌はただ、その夕陽の色の瞳で、男を見つめるだけだった。

大抵の客はまず、璉歌のそのしなやかに伸びた脚にむしゃぶりついてくる。白いふくらはぎから繊細な脚の爪先にまで口づけてしゃぶる。足の裏まで舐められ、その刺激に喘いでいると、男はますます興奮したように璉歌の脚の間に顔を埋めるのだ。

「ああっ……」

璉歌は男たちの奉仕を受けてよがる。彼らは皆、このメトシェラに君臨する王の奴隷なのだ。

そんなふうに自分に尽くす男を、璉歌は慈愛の籠もった瞳で見下ろす。ここはかつて芦原という国の王だった者の、新たな王国なのだ。

あとがき

こんにちは、西野花です。「風俗都市～壁の中の淫ら花～」を読んでいただいてありがとうございました。前回シャレードさんで出していただきました人妻ものもそうなんですが、今回も自分の性癖を詰めまくったお話です。むしろ性癖しか勝たん、みたいな。

何はなくとも身分の高い受けにすけべなことをするのが好きでして……。あと、そんな受けに「痴れ者！」とか言わせたくて、同じ台詞を三回くらい使ってしまって校正でチェックを入れられました。

作中の風俗都市みたいなのも大人のテーマパークみたいな感じで夢があると思います。エレクトリカルパレードのかわりにエレ○トパレードとかいうのがあるかもしれない！と思いましたが、あまりに下品すぎるのでやめました。

都市名のメトシェラというのは実在する星の名前で、宇宙で最古の星なんだそうです。すごくロマンがあると思いまして、街の名前に使いました。

挿画を引き受けてくださったＹＡＮＡＭｉ先生、どうもありがとうございました。美しい璉歌や、アダルトな魅力のウルナス、悪そうなキルシュなど、魅力的なキャラクターを生み出していただきまして感無量です。えっちな絵もすごい何回も見てしまいました。

担当さんも毎回根気よく面倒見てくださりありがとうございます。もう頭が上がりませぬ……！　できましたら今後ともよろしくお願いいたします。

さてもうそろそろ春の足音が近づいてきましたが、流行病いとかはそろそろどうなんですかね～～はやくなんとかなって欲しいものです……夏は…マスクが暑い……‼

それでは、またお会いできましたら。

西野　花

【Twitter】@hana_nishino

本作品は書き下ろしです

西野花先生、YANAMi 先生へのお便り、
本作品に関するご意見、ご感想などは
〒 101 - 8405
東京都千代田区神田三崎町 2 - 18 - 11
二見書房　シャレード文庫
「風俗都市～壁の中の淫ら花～」係まで。

CHARADE BUNKO

風俗都市《ふうぞくとし》～壁《かべ》の中《なか》の淫《みだ》ら花《ばな》～

2021年 4 月20日　初版発行

【著者】西野花《にしのはな》

【発行所】株式会社二見書房
東京都千代田区神田三崎町 2 - 18 - 11
電話　03（3515）2311［営業］
　　　03（3515）2314［編集］
振替　00170 - 4 - 2639
【印刷】株式会社 堀内印刷所
【製本】株式会社 村上製本所

落丁・乱丁本はお取り替えいたします。
定価は、カバーに表示してあります。

ISBN978-4-576-21041-4

https://charade.futami.co.jp/

CHARADE BUNKO

今すぐ読みたいラブがある!

西野 花の本

華妻

あの旦那で、満足しているのか

イラスト＝笠井あゆみ

かつて会員制の店でセックスショーをしていた杏は過去を封印し、今は華道家・六浦久嗣の妻として穏やかな日々を送っている。事故で男性機能を失った久嗣だが、杏は心から夫を愛し、不満などないはずだった。そこへ現れた杏の過去を知る男・矢橋。秘密の暴露への不安と密かな快感願望に苛まれる人妻の懊悩は…。

CHARADE BUNKO

今すぐ読みたいラブがある！

西野 花の本

騎士陥落

美しいヨシュアーナの騎士――、お前を、雌に変えてやろう

イラスト＝Ciel

実力、容姿とも比肩する者なきヨシュアーナ国蒼騎士隊隊長シリル。高い家柄、可愛い婚約者、為政者の信…すべてを持ちながら、敵将ラフィアの手によって誇りを奪われていた。捕虜となった部下を守るため――しかし拓かれた身体は快楽を覚え、矜持を打ち砕かれるたびに精神は解放感を増し…。